绿风文丛

林贤治　主编

草木光阴

沈胜衣　著

南方出版传媒
花城出版社
中国·广州

图书在版编目（CIP）数据

草木光阴 / 沈胜衣著. -- 广州：花城出版社，2020.3
（绿风文丛 / 林贤治主编）
ISBN 978-7-5360-8917-4

Ⅰ．①草… Ⅱ．①沈… Ⅲ．①随笔－作品集－中国－当代 Ⅳ．①I267.1

中国版本图书馆CIP数据核字(2019)第142621号

出 版 人：	肖延兵
策划编辑：	张 懿
责任编辑：	林 菁　邹蔚昀
技术编辑：	凌春梅
装帧设计：	林露茜
内文插画：	曲 展

书　　名	草木光阴 CAOMU GUANGYIN
出版发行	花城出版社 （广州市环市东路水荫路11号）
经　　销	全国新华书店
印　　刷	佛山市迎高彩印有限公司 （佛山市顺德区陈村镇广隆工业区兴业七路9号）
开　　本	880 毫米×1230 毫米　32 开
印　　张	7.125　12 插页
字　　数	160,000 字
版　　次	2020 年 3 月第 1 版　2020 年 3 月第 1 次印刷
定　　价	42.00 元

如发现印装质量问题，请直接与印刷厂联系调换。
购书热线：020 - 37604658　37602954
花城出版社网站：http://www.fcph.com.cn

总　序

林贤治

一天，到张懿的办公室小坐，见醒目地添了几盆花草，摆放很讲究。座椅后壁，挂了两幅手绘的水彩画，画的仍是花草。深秋的午后，一室之中，遂有了氤氲的春意。因谈花草，转而谈及关于花草的书。她说，坊间的这类书很零散，何不系统地做一套丛书？我表示赞成，她便顺势让我着手做组织的工作。

有关花草树木的书，我多有购置。除了科普，随笔类也留意挑选一些识见文笔俱佳者，其中，沈胜衣给我的印象最深。他是东莞人，想不到还是一位地方的农业官员，通过电话联络，隔了几天，他径自开车到出版社来了。人很热情，没有可恶的官场习气，倒有几分儒雅。在赠我的书中，有一套他任职之余编辑的丛刊，名《耕读》，印制精美，可见心魂所系。

沈胜衣当日答允为丛书撰稿，归去之后，一并推荐了几位作者。我再邀来朋友桑农和半夏，在花草无言的感召下，很快凑足了这样一套丛书。

桑农编选的两种：《不屈的黑麦穗》和《葵和向日葵》，是丛书中的选本；一国外，一国内，都是名家。桑农长期写作书话，是编书的好手。他选的两种书，从植物入，从文学出，是真正的美文。《草莓》的入选尤使我感到欣喜，如遇故人，几十年前读到，至今手上依然留有整篇文字的芳馥，那"十八岁的馨香"。

沈胜衣喜读书，也喜抄录，加之注意语言的韵味，所以，笔下的《草木光阴》显得丰茂而雅致。作者置身在草木中，却无时不敏感于生命的流转，时有顾惜之意。忆往，伤逝，作品内含了悲剧中的某种美学意味，所以特别耐看。半夏是杂文家，《我爱本草》取材皆为中药，配以杂文，实在很相宜。鲁迅之所谓杂文，原也同小说一样，目的在于"疗救"，种类颇杂，并非全是匕首投枪式。信笔由之，何妨谈笑，不是"肉麻当有趣"便好。半夏此书，写法上，却近似周作人的一些名物小品，平和，闲适，而别有风趣。许宏泉的《草木皆宾》，取画家的视角，多有画事的掌故琐闻。至于王元涛的《野菜清香》，特色自是写"野"。一般文士喜掉书袋，后者亦不乏此中杂俎，但未忘现实人生，夹带了不少历史、社会人文的元素，多出一种经验主义的东西。

钱红丽的《植物记》，将日常所见的花草，匀以生活的泥土，勃勃然遂有了一份鲜活、亲和的气息。戴蓉的《草木本心》，比较起来，偏于娴静，有更多的书卷气。这是两种不同的诗意，或许是沈胜衣序中说的"植物型人格"所致吧？论人性,大约男性近于动物,女性近于植物,难怪她们写起花草来,都能深入其"本心"。这两部小品,不妨当作女性作者的自我抒情诗来读。

编辑中,时时想起故乡的花草。它们散漫于山间田野,兀自开落,农人实在少有余暇观赏,倒是有一些药草,正如荒年供人果腹的野菜一样,不时遭到采掘。以微贱之躯,为救治世间穷人,或剁碎为泥,或投身瓦器,我以为精神是高贵的。但是,从野草们的立场看,未必见得如此。人类与草木之间,始终找不到一种共同的语言,想起来,不觉多少有点寂寞。

2018年11月10日

自序：草木光阴，扶疏意态

沈胜衣

《草木光阴》，原是一套《世界最伟大的植物图谱珍藏》其中一本的名字（[荷]斯奥道勒斯·克拉迪斯等绘，《花卉图谱》编辑部编译。陕西师范大学出版社，2004年5月一版）。喜欢那里面的西方传统草木画页，曾选了一些当作花笺给友人写信，又选了有花有果的几幅装上镜框挂在办公室（并跟随我变换单位相伴至今）；更喜欢"草木光阴"这四个字，配上该图册复古素朴、精致大气的外封，可以摆在我的植物图书专架上作为装饰与标记。到去年深秋，忽接林贤治先生来电，邀约出一本植物文集，随即想到借来做书名。

对于贤治先生，我早在二十世纪八十年代读大学时，就倾倒于他写萧红的诗、鲁迅的传记；后来再读他的著述，瞩目于那份激情与思想之外，还留意到他编的丛书很多都以植物为题："野百合丛书""曼陀罗文丛""忍冬花诗丛"，等等。却从没想到，有一天接到的陌生来电竟会是他，而且谈的就是我的植物写作。承他的青睐美意，遂有了这本《草木光阴》；又承他代出主意，遂有了"新作加精选"的架构。这架构，正好反映自己在时光变迁中，心思与文笔、趣味与水平的变化，草木中的光阴，从草木而见光阴。

上辑，精选十三篇，从我过往三本花书——《书房花木》（上海书店出版社，2010年1月一版、2011年9月订正重印），《行旅花木》（海豚出版社，2013年10月一版），《闲花》（中华书局，2014年10月一版）——采摘一些花束。当中有几篇是与原书不同的精简版，有一个时期我为报刊写专栏而将长文进行压缩改写，现在恰好用上，因它们出自的《行旅花木》和《闲花》，出版时间距今较近，这样处理可给老读者，也给本书一点新意（我在生命的本质层面，长久地沉溺于旧我、盘桓在往昔、重复着自身；但对生活的具体细节，又总是想要一些新面貌，希望有点创造性而不过于炒冷饭）。

辑名"旧花留痕"，源于一份手写的《书上中大旧花痕》，那是我毕业多年后撰记的、在中山大学时购聚图书的聚书录，以此怀缅自己最绚烂的青春；那些岁月往事太长、那份忆旧心情太重，以致还未写完便废然而止，现将题目化用于此，作为关于纪念的纪念。而该辑选文篇目，就来自那段年华结交的知己友人，感谢故人代劳，借其眼光（其眼中的我之精华），略见漫长光阴流转中的草木心痕。

出于同样考虑，所收旧作略有对少许字词修订，但不作原则性的修改，不以新我完善旧我，不以新知充实旧文。包括文风、用词亦然，哪怕有的"少作"文艺气稍浓，现在已不会那样写,但亦不改头换面去自欺欺人地掩饰,反而正借此保留每一阶段的本来面目,作为曾经光阴的印记。

下辑,新作十一篇,却仍有些与旧作属于"前世今生"的纠缠关系(我是永远无法摆脱与从前的粘连了)。比如《鸡蛋果的前世今生》,是原收于《闲花》的《西番莲的前世今生》之增删重写版。又比如《莞草小札》,另有一个浓缩改写版《莞草,沧桑中莞尔相安》收于《笔花砚草集》(中华书局,2017年9月一版)。后者是我最新的植物专集,因时间更加贴近,不宜旋即自我重复,为尊重读者(及出版社),不在当中选文,但借这个题目不同的版本,可在二书没有大冲突的前提下,让我所有花木文集都在本书中得到呼应。类似的旧作翻新还有个别篇章,具体见文中自述。但它们与上辑的几篇同题精简版还是有所区别的,仍能算是近年未结集之作,所以归于此下辑。

该辑收入了一些关于岭南,特别是我乡邦的特色乡土植物,又尤其是农业作物的札记。此乃近几年因工作和年纪的关系,兴趣转移的产物,也可以说是光阴推移的见证。其他的植物游记、草木书话,亦同样屡见时光变幻中的心事。

至于辑名"新木扶疏",可借此谈谈这个与植物相关的好词:扶疏。

二字本是形容草木茂盛,陶渊明《读山海经》诗第一首曰:"绕屋树扶疏。"乃植物四散分布的好景,也侧面表达他在乱世退隐田园、耕种读书、幽僻自处、俯仰宇宙的欣悦。又可形容文章,扬雄《解嘲》赋云:"顾默然而作《太玄》五千言，枝叶扶疏"，是借客人的嘲讽来自况：人逢盛世，身怀奇才，却静默不求闻达地去写《太玄经》这种不切实际的哲学著作，难怪官运不佳；然而，他甘于淡泊，最后仍自愿"默然独守"那些扶疏枝叶的著述。——这两个意思，草木与文事，我都喜欢，也期望自己的文字有这样的气质：既繁茂纷披，又自在清静，于现世尘嚣的一角安然展示高低错落的绿荫。

我理想中的植物文学，亦要如扶疏草木般疏密有致：既扎实，又疏朗。扎实，是或有亲历见闻、独到感悟，而非书斋空想；或有实实在在的文献资料、干货内容，而非虚泛抒情。疏朗，则是题材与技法宽松闲散，不拘一格，甚至拓宽领域、跨界写作。这个包含了旧作选辑的集子，便能见出自己在光阴邅递中对此的不断追求。比如，越来越不愿写情调性的花草美文，但也写不来知识性的科普指南；而是乐于学术性的名实考辨、文史性的读书抄书（按自己惯例，本书对引用的植物书籍，以及虽非植物专著但有较大篇幅为植物内容的图书，一般会在首次出现处附注我撰文时参用的手头版本资料，以供读者索引，共约一百八十种）。又比如，多年来一直尝试开拓突破，让植物散文与其他范畴交汇，在书话、旅行、歌曲直至农事中呈现花木的扶疏多姿。

就因为喜爱"扶疏"一词，我曾借苏轼《谷林堂》诗"深谷下窈窕，高林下扶疏"来形容尊敬的谷林先生；也曾想过用来做书名，但林贤治先生认为，还是原拟的《草木光阴》好。

更要特别感谢贤治先生（以及邹蔚昀、林菁等编辑）的，是可让我在广东出书。十多年来著、编书籍十种，均非家乡岭南出版,作为有本土情结的人,我对此是存了心愿的;但又从来不喜为出版奔走求告,至今才终于能在生长于斯的粤地出书,而且是名字本身就有植物寓意的花城出版社,这真是花开果熟般令人欣悦的快事。

写到这里,想起还有更多识与不识者都曾关照、眷顾过我,也很足铭感。忽然兴起,把搜集到的我几本花书旧集的数十篇书评重读一遍,再领受一下各方的垂青与荫庇(这两个词的字面亦隐含植物的元素)。其中发现,原来很早以前云也退在《孤高清白之美》已说过这样的话:读《书房花木》,可"知一个心思缜密的人可以如何将关于光阴的思量化入花木审美之中,化得清隽婉转,既博且雅"。

谢谢他能读出这一点用意。是的,从一开始,我的花木写作就融入了"光阴的思量"。由不自觉到自觉地,光阴滋养了草木,草木也滋润了光阴,共同成全着生命,这样真好。也祝读者们,能在草木中——或在我这本草木小书中——度过一段扶疏光阴。

2017年6月底、7月初,六月六晒书节前后初稿,时夏木清荫、夏花清丽、夏果清新。

2017年8月下旬,处暑与七夕之间二稿,时草木炎静清凉。

2017年12月下旬,冬至与圣诞之间三稿,时收获吾邑硕儒杨宝霖老先生馈赠大堆菊花,乃其著述之余躬行农事,在楼顶天台自己培育栽种者,观赏缤纷,泡饮香馥。老辈情谊深重,并附一诗笺,谨录其作,以见此岁末花间意兴:"楼头艺菊仿陶家,碧叶缃枝白玉葩。一盏幽香深夜静,助君情思笔生花。"

目录 contents

上辑 旧花留痕

泰戈尔的树荫　3
杜鹃花下曾读诗　6
后来，再也没有栀子花　9
芭蕉叶大栀子肥　11
虽说凤凰是心爱的花　15
木笔抄书说木兰　18
伊索种的葡萄和荆棘　41
光荣属于希腊的橄榄树　55
菩提叶上绘莲花　59
幽林一清峰，淡酿桂花香　63
东瀛的朝颜夕颜　66
开眼启唇说相思　77

长夏木槿荣，朱黄各幽情 　81

下辑　新木扶疏

莞草小札　117
莞荔史料小录　144
《岭南荔枝谱》与莞荔　149
鸡蛋果的前世今生　155
在二〇一七回忆七叶树　172
母亲的中西植物象征　183
留下石榴，记取开花的田野　199
青山一发响杜鹃　208
草木何求　219
花扉六只　223
时光书话（草木篇）　229

上辑

旧花留痕

泰戈尔的树荫

这是一个久存于心的题目,因为,我总认为泰戈尔是写树写得最好的诗人。

像《飞鸟集》(郑振铎译本)里的这些句子,情怀绝佳:

"绿树长到了我的窗前,仿佛是喑哑的大地发出的渴望的声音。"

"群树如表示大地的愿望似的,竖趾立着,向天空窥望。"

"绿草求她地上的伴侣。/ 树木求他天空的寂寞。"

"安静些吧,我的心,这些大树都是祈祷者呀。"

"阴雨的黄昏,风不休地吹着。/ 我看着摇曳的树枝,想念着万物的伟大。"

(按:后来发现该集另有学者周策纵的译本,但文笔不如郑译的圆熟、自然、有韵味。)

另一本较多写到树的诗集是《流萤集》。译者吴岩的后记颇为动情,说此书他"特别喜欢""曾在多方面给我以教益"。十年动乱,光阴荒废,垂老的他患了白内障,只能"在晨光里一边品味,一边迻译"。却因此,"我感谢泰戈尔给了我一百几十个美好的早晨"。

他这份感谢，说出了我的心情，因为我也曾在人生的晨光里品味过泰戈尔。而我的感谢不仅是对泰戈尔，还是对那些"美好的早晨"——我的大学生涯；对把这一切安排好、赐给我的上天，不早不晚，让泰戈尔的树荫投在我的年轻岁月。

他"特别的喜欢"，更恰恰说中了我的心事，因为，这本小书是一份礼物，见证了相欢相悦的青春。（按：《情人的礼物》也是吴岩八十年代每天早晨神清气爽之际点滴译成的。）此后捧看着这些从当年良宵飞来的流萤，恍如隔世，也难免有译者回顾失去光阴的慨叹了。

《译者后记》引了集中的几首诗，如第十一首："让我的爱情，／像阳光一样，／包围着你／而又给你光辉灿烂的自由。"第四十四首："今天我的心／对昨天的眼泪微笑，／仿佛潮湿的树木／在雨后的阳光里熠熠生辉。"也是我非常喜欢的，大学时写的诗就借用过这些意象。

另外第二十六首的"天空一无所求，／听任树木自由自在"，也曾是我校园日子的确当自况。然而那一切，温柔灿烂的阳光、自由自在的树木，和跟它们相关的所有美好，都已事过情迁迢遥远去，长逝不返。"今天我的心"云云，吴岩是作为他本人生命雨过天青后的写照和鼓励，我却早已不配吟咏。

其实前几年重翻泰戈尔、私下整理笔记时已经想好了：要勉强在这本纪念之书中找一首来概括心情，只可以是当初并不十分在意的这第十首了：

"树木深情地凝视／自己的美丽阴影，／然而永远抓不住它。"

2004年2月20日整理

杜鹃花下曾读诗

杜鹃是我大学时认识而爱上的花。在那岭南美丽的校园，到处草坡上都有各色杜鹃，簇簇霞锦绚丽；早在二十世纪五六十年代，寓此度过余生的陈寅恪、唐篔夫妇便多次诗咏之："岭表春回第一芳"（陈），"浓妆烂漫胜晴霞""满地嫣红争妩媚"（唐），等等。到八十年代陈平原在此就读，养成了春晨读书的习惯，雾中林径跑步后，"来到图书馆前——那里有一大片杜鹃花开得正艳……"（其《我的读书生活》所记这情景，令我熟悉而亲切，以致后来有人剽窃该文堂皇发表，被我一眼认出。）

随后我也有幸得与这些杜鹃花相伴，整段青春被它们映得"一园红艳醉坡陀"（韩偓句）。我在《紫荆寂寞红》中曾记有回乘兴做"世说"中人：雨后漫步校园，回宿舍后写所见草木时，想起漏了看紫荆落花，当即搁笔前往，捡一朵夹在《诗经》里；而那次还同时另拾杜鹃一朵，夹入清人王符曾辑评的《古文小品咀华》。这本书是美好时光的一个见证，一起逛校园书摊时买来送我的。杜鹃夹于宋人陈抟的《睡答》旁，现早已压成枯黄的花骸,薄如蝉翼;而我也早已不能像那奇文所写的逍遥自在、酣眠度日,更别说比肩闲游、赠书代题……书上少年旧花痕,正如后来所钤的自刻闲章,是"触心怆然,念之怅然"了。

九年前的春节,买了一盆杜鹃,灿灿满枝。某个安静的雨夜,就着橘黄的路灯看湿润的花儿,忽然心里涌起思念:生活是这样的美,又是这样的残缺,这样的流逝不居,这样的天意与人情各行其道。家常日子,阳台的小小风景,使人在片刻间像回到故园的春夜,那时雨湿少年身,杜鹃花日子。

这盆杜鹃,我从来只是淋淋水,基本没施过肥,更从未修枝、换盆换泥什么的。但它每到春天繁卉都随之拥至,逐日繁艳,粉红夺目(近年则先后神奇地冒出几朵深红和洁白的杂于其中,使我益发惊叹)。最盛期的三月,往往三几百朵齐放枝头;至于落了又开的总数,更是数不胜数,美不胜收。这样年年如约、慷慨、丰盛的馈赠,真像从不负我的仗义丽人,令我满心欢欣、盈怀感激。

与之相伴的赏心美事,最大的是两桩:儿子在三月的灿烂杜鹃中来临;从那年起连续三个三月之春,我都置藤椅藤几于阳台这满树缤纷旁,读完了《诗经》。书中是"春日迟迟,卉木萋萋"的优美句子,身畔是花团锦簇,沉醉其中,每到意尽,则采一朵夹入作为明春续读的标识。杜鹃花间一卷诗,说特意的挑选也可以,但又是自自然然的,因为天气与心情正合适,意味更合适:《诗经》是人类春天的繁花,《诗经》与杜鹃又都是我在人生的春天——大学里首度接触到的。

《诗经》里的古人，歌咏其饮宴、男女、耕作、征战、欢聚、离散、喜悦、悲忧，皆坦坦荡荡，毫无后人的缠夹小家；就像我的杜鹃花，说开就开了，丰满壮丽。我读的时候，也就基本不理会正文下的注释评说：本是人类初始的源泉之歌，正该以简朴的态度对之，后人的考据争辩，徒扰心怀。只从那些一望而知的初民情感中，看出许多好来，干干净净地与天地初开的素心相通。

一如面对自家繁花灼灼的杜鹃："不能名言，惟有赞叹；赞叹不出，惟有欢喜。"（俞平伯语）

2004年3月20日，春分。

后来，再也没有栀子花

刘若英唱的《后来》，最令我惊心的还不是"后来／我总算学会了如何去爱"这样高亢的感慨，而是中间幽幽地插着的、往昔"十七岁仲夏"的画面："栀子花，白花瓣／落在我蓝色百褶裙上……"简简单单的两句，让我不禁低回。

栀子本是小时候就认识的了，我们俗称"水横枝"（其实这名字也很雅），常有人从野外采回，养在清水小盘里做盆景的。——但，它又更属于、也仅属于我的大学岁月。

一年级，某个如今这样的春雾潮湿静夜，在图书馆闻到阵阵暗香浮动，发现原来是小园里的一排栀子花，洁白，馥郁，清雅不可方物，一下子就喜欢上了。相连系的记忆，是春夜从图书馆回宿舍，携着一本薄薄的淡蓝的《作家的情书》，路灯幽暗，雨后雾绕，湿漉漉的林间小道……

四年级，也是现在这样的四月，看宿舍楼旁的栀子花盛开，因为沾了雨水而分外饱满，娇媚可喜。时常采几朵置于案头，花香经久不绝，是读书、听歌、动笔的漂亮点缀。有一回，从比肩而购的周瘦鹃《花木丛中》、借于"老乡"的《古代百花诗》等书里读栀子的记载，抄录于笔记，然后想取个好题目，便去翻王芸孙编的《旧诗佳句词典》，却见"香"的条目劈头第一句，就是风流大唐张公子张祜（杜牧称许他："谁人得似张公子，千首诗轻万户侯"）的《信州水亭》——

"尽日不归处，一庭栀子香"。

真好，我喜欢这样不经意的巧遇，仿佛天定的缘分。

然而缘总有尽的一天。毕业离校那日，我就在楼下采了两枝栀子花带回家栽种——早几年聚会时重入故园，见此处栀子花又开得层层叠叠，自毕业后再未见过如此繁盛、硕大的栀子花了；而事实上，自那次为了纪念的移植失败后，这十多年来，我就再没有买过、种过栀子花：虽然家乡离学校并不远，它还是水土不服，没有种活。心下明白这是上天的寓示了：告别就是告别，旧日美好不会延续，我能带走的，只是记忆——对那些浓香熏醉人、朴素又妩媚的花朵，以及其他像花朵般的一切……

2004年4月17日，雾湿春潮夜。

《花木丛中》，周瘦鹃著。金陵书画社，1981年4月一版、1982年2月二印。

芭蕉叶大栀子肥

曾经看到清人陈鸿寿一幅扇面，很喜欢，因为他用质朴而娴雅的笔法、疏淡而清新的色调，画出了那句我一直觉得亲切的古诗："芭蕉叶大栀子肥"。

小时候读刘逸生《唐诗小札》，对韩愈《山石》中的这一句便留下极深印象，所写两种都是熟悉的草木，而那个特别的"肥"字，展现了饱满而蓬勃的生意，尤使我过目难忘。看到陈鸿寿也赏爱此语，遂翻出这本旧书，细读了刘逸生对《山石》的演绎、评析，觉得很有意思，生发了一些年幼时所未解的深微感触。

评析开头就介绍："这首诗是在什么地方、哪一年写的，人们的意见很不一致。""不过，"刘逸生说，"我们欣赏这首诗，倒不一定非把这些都考证清楚不可，置之不论竟也无妨。"最后则说："这首诗使用的全是'赋体'，是照事直书，人们不可能也不必要从他描写的景物中捉摸出什么别的用意来。"——这话当有所指，韩愈是说理大师，大概以前总有人去捉摸该诗会隐藏着大道理吧，但刘逸生并不这样看，"诗里给我们展示了一幅幅的图画",如是而已;刘逸生欣赏的、当然也希望我们欣赏的,只是其"笔墨生动"中带出的"有如图画"的景物,觉得这就够了。——他用优美的散文,细致地复述了原诗:"山石荦确行径微,黄昏到寺蝙蝠飞。升堂坐阶新雨足,芭蕉叶大栀子肥。……夜深静卧百虫绝,清月出岭光入扉。天明独去无道路,出入高下穷烟霏。山红涧碧纷烂漫,时见松枥皆十围。当流赤足踏涧石,水声激激风生衣。……"

可是,这些好景幽物之后,不是接着有最后四句议论吗?"人生如此自可乐,岂必局束为人鞿。嗟哉吾党二三子,安得至老不更归。"对此,刘逸生写道:"这种山里的生活也是够快乐的——他忽然感慨起来了。……"然后又专门另以一段话补充介绍:"他不是对身旁的朋友说的,因为身旁并没朋友。他是对自己说的。"

这里上下文的接续有点突兀,似乎评析者说到这里,自己也"忽然感慨起来了"。

但又仅是隐约一闪,便转回正题:"现在可以看清楚了,韩愈是在一次赶路的中途,匆匆在佛寺宿了一晚,过后才写下这首诗。……最后那几句感慨的话,正是在'王命在身'的情况下发出来的。"刘逸生的意思是,这感慨很自然,王命在身奔波劳碌,"嗟哉"几句:"呼朋唤友长居深山多好啊",这再平常不过,没什么好大惊小怪去揣测、捉摸更深的用意的。

把此诗解释成赶路途中的偶记,是一家之言;但刘逸生的意思很好:"不必捉摸""置之不论竟也无妨"。他没有、也不屑于琐碎考据、挖掘微言大义的头巾气,虽然说得很委婉。

对着这本相伴二十多年的《唐诗小札》,感到从前年少无知,却反而合于刘逸生的希望了:只知诗中看景,才有了对"芭蕉叶大栀子肥"这句朴素的诗的朴素的喜欢。——儿时在窄街老屋门前捧读此书的情景,遂又浮现眼前。

但,眼前分明是,自己的儿子都已经会乱翻书了。便不由冒出一句:"爸爸老大稚子肥";便竟将陈鸿寿画的那幅芭蕉树荫护着栀子花的小品,看成了父子依依之图。

是的,自己早已到了平淡无奇地过着家常岁月的年纪,像那些大朵大朵栀子般的、生命的活力和成长的生机,现在只能从儿子身上见出。

也不是没有过花肥叶大,那就是我说过的、栀子花盛开的大学年华,最好的时光。那"一庭栀子香"早已散去了。刘逸生的解释,移过来也很贴切:那只是"在一次赶路的中途,匆匆在佛寺宿了一晚",看饱了大学这座深山的风景,过了一回当流赤足、水风生衣的瘾,然后"天明独去""忽然感慨"一番,还是得上路。"这种山里的生活也是够快乐的",但哪可至老不归啊,上天使你遇上,"宿了一晚"就该心满意足了。毕业时从校园携回的栀子,不能在自家种活,正是天意。——就在今天整理此篇之前,新购花木若干,见满花街都是栀子花开,却再次不顾而去。我永不会栽它了,就让那浓郁如酒的花香只留给记忆吧,让那洁白丰腴的花朵仅仅属于大学生涯。

山行之乐只是意外的幸运,局束为人鞿才是常态。到如今,生活已"不可能也不必要捉摸出别的用意",自己的事,"置之不论竟也无妨"。"笔墨生动,有如图画",该是儿子了。且把韩诗陈画的好景，化作心头祈许，从自己转向孩儿——

新雨足，栀子肥！

1997年6月19日至20日；2004年4月24日午修订，时夏意已起。

虽说凤凰是心爱的花

凤凰花又开了。

喜爱它蓬勃的生命力：冬天枝头光秃秃的，但到春夏，先是一点嫩绿，然后一夜间整棵树都绿了；先是一点殷红，然后刹那间整棵树都红了。

更醉心于它那种红，正色的、鲜活的，像少年的单纯。凤凰是少年的花，中学毕业的集体合照，就是在一树火红的凤凰花下拍的，少男少女，青春如滴。

到大学毕业，刚离开校门时，故人写来一封信："……这是多么好的故事，中文八六的人都该记得……才看完《千江有水千江月》，里面说：'读书的目的，是为了要与好的东西见面，好事、好情、好人、好物'……我们没有枉过这四年，我们结识了许多人，听见过许多故事，自己也编织了一些故事出来……花开总有花落，我真是很知足的……书里的女主人公说：'我已离开此地，虽说凤凰是心爱的花，台南是热爱的地，然而，住过也就好了'……"那是多么好的信，为我们美好的大学青春作了一个妥帖、完美的总结。

信里引用的那句好话，我曾转告"老乡"，他就从《木本花卉》里抄了些凤凰木的资料给我。于是我又寻购了此书，从其对一百三十九种花木的科学叙述中，仿佛看出作者对这种热带花树带着感情色彩……那是欣然的心情。

然后是终于分别，再然后是兜兜转转的各种混乱。当中某段心事，选录过一盒磁带，取名《为了忘却的纪念》，里面有姜育桓一首《你可曾看过凤凰花》。对浓愁化不开的姜育桓不是太喜欢，但这首苍凉的短歌实在打动我，以致到现在见他的唱片还要拿来看看，想再找回这首歌；却总也找不到，使得和朋友编《今词选》时，只能对听不清的歌词、作词作曲者资料等付诸阙如。

转眼十余年，像是注定，在故人当年说的"夏天到来，令我回忆"的一个五月，在为招聘毕业生而重回母校、见到故园凤凰树又红红地开花的次日，意外淘得那本寻觅多年的萧丽红的《千江有水千江月》。这台湾小说，是漓江出版社一九八七年二月出版的，此后再没有重版过，也就是说，故人当时看的，就是这个绝版。真是一个恰当的象征、一个天意的好纪念。

翻翻这旧书，虽然是初看，那些文艺腔的人、话、事、情却是那么熟悉：他们在信里给对方互相夹寄凤凰花和杜鹃花；爱过就够了，不一定要永远为己占有，知道了，记在心上就好，就已不负好时光、好地方；他们一起回大学看看，虽然毕业已久，但感觉上从没有离开过，那里的记忆太多，灵魂舍不得走……让我如见己身。

然而，无论书里的角色与故事，还是书外的，都已如江上月影,早经摇散。连后来姜育桓那首沧桑低回的《你可曾看过凤凰花》,都已因磁带变质而暗哑走音了。我只能在书上钤下"重聚惟有书"的自刻闲章,作为凤凰花季节一个迟来的证物。"触心怆然,念之怅然"。

2004年5月7日,一个应该致意的日子。

《木本花卉》,叶锡欢等编著。科学普及出版社广州分社,1989年12月一版。

木笔抄书说木兰

有几种喜爱的花树,很容易混淆,紫荆/洋紫荆/羊蹄甲是一组,茉莉/素馨是一组,玉兰/白兰等又是一组。我在"书房花木"专栏中都曾略略谈到,后一问题还与人在网上讨论过,却未详尽深入。近来因跟网友偶然聊起"辛夷",谓即紫玉兰,又名木笔,这使我又勾起了对玉兰及其同科属植物的兴趣,发兴要将它们的资料好好梳理一下,以己之"木笔",抄一些书、抄一些树。

一、从"木兰"说起

题曰"木兰",因为玉兰和白兰都属于木兰科。而日来翻查手头的植物图书,发现岂止玉兰与白兰,其他不少木兰科植物都有类似情况:学名、俗名、别名、科属名、古今名相互之间交叉错杂,或同物异名,或异物同名;确定是同一植物的,关于习性、形态等,记载也互有出入,就算近现代的植物学专著,都时见讹误。——真有如女扮男装的花木兰,身份相貌令人"扑朔迷离",眼花缭乱,可戏称为"花木兰现象"。

混乱的源头,首先就在于"木兰"这一称谓,所以在谈具体的品种之前,要先理清这个在古代就已含糊的概念。

最早写到"木兰"的,是战国时代的屈原,其作品多次述及,最著名的是《离骚》这一句:"朝饮木兰之坠露兮,夕餐秋菊之落英"。又《九歌·湘君》中有"兰枻",指木兰做的船;《九歌·湘夫人》中有"兰橑",指用木兰做屋橡(参邬霄鸣《屈赋全释》),这些"兰"也都是乔木的"木兰",而非屈原另外写到的草本兰。

而据南朝梁任昉《述异记》所载,此树更早在春秋时代已有,用途也一样:"木兰洲在浔阳江中,多木兰树。昔吴王阖闾植木兰于此,用构宫殿。"又:"七里洲中,鲁班刻木兰为舟,至今在洲中。"

后世关于木兰的诗歌,也就时与兰舟有关,多发挥屈原赋中的洞庭仙踪余绪。如唐马戴《楚江怀古》:"露气寒光重,微阳下楚丘。猿啼洞庭树,人在木兰舟。广泽生明月,苍山夹乱流。云中君不见,竟夕自悲秋。"其中,陆龟蒙的《木兰堂》之写作最有意思。据吴鹤鸣等编注的《历代林木诗选》转引:张搏为苏州刺史,木兰盛开时宴客。陆后至,被罚酒,豪饮后作诗,得前两句:"洞庭波浪渺无津,日日征帆送远人",随即颓然醉倒。客人们欲续之,但皆不悉其意,惟有等陆稍醒后,自行续毕后两句:"几度木兰舟上望,不知元是此花身。"——以木兰所制舟船与木兰植物本体之间的"间距",写出一种惆怅情分,构思确实很好。(按:或谓此诗是李商隐所作,题为《木兰花》,首句作"洞庭波冷侵晓云"。《古今诗话》《西溪丛话》等都载有李商隐作此诗的传说。可参看刘学锴等的《李商隐诗歌集解》。)

诗再好也罢,文学作品并不能帮助我们准确地"知此花身"(甚至因文人的比喻、夸张等生花妙笔而导入歧途)。不过,即使古代的农书、草木专著,对"木兰"这一美丽花树的具体特征也各说有异,歧义纷出。李商隐另写过《木兰》,清人冯浩玉的《玉谿生诗集笺注》注释此诗时,在采录诸家的木兰说比较之后,已能指出前人"一物异名"与"相类实异"造成的混乱——虽然他自己的解说也不甚准确。

木兰之涵括,忽大忽小,忽总忽分。其"异名""相类"包括杜兰、林兰等雅称,与玉兰、木莲、木笔(即辛夷、紫玉兰)等实有植物。比如清陈淏子《花镜》中,有"玉兰(木莲)"条,曰:"玉兰古名木兰";又有"木兰"条,曰:"木兰,一名木莲,一名杜兰"。其中关于"木兰"的描述:"枝叶扶疏……花似辛夷,内白外紫,亦有红、黄、白数种。"此乃上承李时珍之说。《本草纲目》又谓:木兰"深山生者尤大,可作舟。木质细而心黄,梓人所贵"。——依今天眼光来看,李、陈要么是将木笔与木莲等混为一谈,要么他们所见的是玉兰的变种紫花玉兰,或木笔与玉兰的杂交种二乔木兰。(详见后几节。)

这种含糊混乱,到近世仍然存在。贾祖璋、贾祖珊二十世纪三十年代合编的《中国植物图鉴》巨册,是当时正规的科学著作，木兰科中有"木兰"条，注明据《本草经》，又列其别称玉兰（据《群芳谱》）、木莲（据《本草纲目》）。

到一九八四年，贾祖璋撰谈玉兰的《银花玉雪香》一文（收入《花与文学》），仍说："一般植物分类学书籍，都说木笔又叫木兰。胡先骕《经济植物手册》则说玉兰又叫木兰……并无根据。……古代的所谓木兰，既不是木笔，也不是玉兰，究竟是一种什么植物，尚难确指。"

贾氏写此文四年后去世，也许是未及见到后来科学界的普遍意见而作修订。我们现在已能回答这"究竟是一种什么植物"了——

答案是："木兰"，并非具体某"一种"植物。在古代，它是统称与泛指，但至少可"确指"为玉兰和木莲；而在现代植物学中，独立使用的"木兰"则仅是植物的科名和属名。

先看后一问题。由全国六十多家植物研究单位参加编写的《中国树木志》，是一部较权威的巨著，其第一卷的木兰科部分，由木兰科植物专家刘玉壶编著，是这样分类的：木兰科植物在我国约有十一属，约九十种。下分木兰亚科和鹅掌楸亚科。当中木兰亚科又分木兰属、木莲属、含笑属等十个属。该书详尽介绍了这些树种，但，尽管多有学名或别名叫"某某木兰"的，却没有一种是直接称为"木兰"的植物。另检同样是二十世纪八十年代后出版的《中国花经》《木本花卉》等亦然。

就是说，"木兰"今天已从正式的植物名录中排除出去，从历代"本草"著作到民国时期《中国植物图鉴》的说法不应再在严谨的科学论述中引用，哪怕上面正儿八经的有"木兰"

的西文学名、插图等（如《中国植物图鉴》，又如今人伊钦恒为《花镜》作的注解）。至于像高兴选注、八十年代出版的《古人咏百花》，按一百种花分别选诗，各有注释，也在玉兰、木莲之外单列木兰花，收入白居易《戏题木兰花》、徐凝《和白使君木兰花》等关于花木兰从军故事之诗，此则正宜以文人"戏题"视之——至多，我们可把"木兰"作为一个文化象征来使用。

再看前一问题，为什么说木兰可"确指"为玉兰与木莲。台湾植物学家潘富俊在《唐诗植物图鉴》《楚辞植物图鉴》的"木兰"条说明中，概括分析得最好，将他这两处的话综述如下：

木兰科植物的花大多花色鲜艳或香气浓郁，特别是木兰属、木莲属、含笑属，均开艳丽的香花，都可称为"香木"。由于其"花香如兰似杜（杜若）"，因此称为"木兰""杜兰"或"林兰"，但古人并未明言"木兰"的确切种类。古代称"木兰"的植物可能有许多种，以现代植物分类观点来看，应泛指木兰科木兰属和木莲属的多种植物。而从《楚辞》以降，诗文中所提到的"木兰"，均与"鲁班刻木兰舟"的传说有关，亦即"木兰"应为"木高数丈"且"可以为舟"的乔木。因此，木兰属和木莲属中属于灌木的种类应非诗文中的木兰。再进一步排除，根据多数学者的意见，在木兰属和木莲属的多种植物中，"木兰"又可认为是今之木莲和玉兰，因为这两种树种材质优良，均可供制舟、家具及其他木制品之用，与古籍中言及之"木兰"最为接近；且它们主要产于秦岭和长江上游各地，为《楚辞》产生的背景地区。

——虽然可能还有争议，但我对比多种典籍的描述后，是赞同这一看法的。

但是，在对"木兰"正其名、清其源之后，具体到玉兰和木莲，那种"花木兰现象"仍有不少。下面分节述之。

二、白色的玉兰与也叫白玉兰的白兰

前面提到一位刘玉壶先生，是研究和保护木兰科植物的专家，新发现过不少木兰科树种，并与国外交换种苗，建立起大型木兰园。在编写《中国树木志》木兰科部分多年之后，他领衔其他专家，为《中国花经》撰写"玉兰"条目。该书体例，先介绍植物栽培历史（包括文化史。这一点很合我心）。他们把玉兰的栽培史定为二千五百年以上，认为前引《述异记》所载、春秋时吴王阖闾所植木兰，应是我国最早栽植的玉兰。（按：他在《中国树木志》中的说法则是："自唐代以来久经栽培"。另有一些植物书的意见也谨慎地归于唐代。我认为谨慎一些好，因为如上节意见，木兰并不仅指玉兰，谁知道阖闾种的那些是不是木莲？）

至于"玉兰"名称之立，《中国花经》指是出自李贤《大明一统志》所载，"五代时，南湖中建烟雨楼，楼前玉兰花莹洁清丽，与松柏相掩映，挺出楼外，亦是奇观。"并称这还说明了五代时人们已注意玉兰与常绿树的搭配造景。

另据贾祖璋《银花玉雪香》考证：明代沈周是现在知道的最早歌吟玉兰的人，其《题玉兰》有句："点破银花玉雪香"，贾文即取为题目。（按：《大明一统志》书成于一四六一年，其时沈周三十四岁，不知《题玉兰》写于哪一年，与《大明一统志》中的"玉兰"孰先孰后。）其后有文徵明，写过《玉兰》诗，有"素娥千队雪成围"的描写。继后，王世贞在《弇山园记》中说他种有十株玉兰，"花时交映，如雪山琼岛"。续之，则是王世贞的弟弟王世懋，其《学圃杂疏》中记玉兰："千千万蕊，不叶而花，当其盛时，可称玉树。"

再后，也在明代，王象晋《群芳谱》所载较为详尽："玉兰花九瓣，色白微碧，香味似兰，故名。丛生一干一花，皆着木末，绝无柔条。……花落从蒂中抽叶，特异他花。……"其得名、习性、形态（以及栽培）等，至此已有较成熟的意见。

而从玉兰的别名中，也能窥见其特征。

别名之一，玉堂春，是因玉兰形状别致、香气高雅，颇有贵态，历来是名贵的庭院花木，多对植堂前，或点缀中庭。

玉堂春的"春"字，指玉兰早春开花，故又有别名迎春花、应春花、望春花。叶锡欢等编著的《木本花卉》说，玉兰花期为一至三月，但它对温度很敏感，冬季温暖处还可提前开花。周瘦鹃在《花木丛中》的《但有一株堪比玉》里——此文题目出自明张茂咏玉兰的嵌字名句："但有一株堪比玉，何须九畹始征兰"——说得更形象："我们搞园艺的，往往把玉兰当作寒暑表，每年春初一见玉兰花开，就知道不会再有冰冻，凡是安放在室内的盆树盆花，都可移出来了。"

这样一种初春先于叶子开放枝头的香花，"森森玉树媚清漪"（明方大治《黄山玉兰》），而"若有一二黄鸟试鸣枝头，则一片银光，白如皑雪，春色为之占断矣"（民国奇人黄岳渊、黄德邻父子的《花经》），自是动人心目，更被赋予超越凡尘的联想，认为是天外之香，而发世外之思。周瘦鹃在《拈花集》的《花木的神话》中，就引述一个唐代关于玉兰的女仙下凡故事。《但有一株堪比玉》则引了明丁雄飞邀赏玉兰的一通小简，也由此入题，信写得很雅致，转录如下："玉兰雪为胚胎，香为脂髓，当是玉卮飞琼辈偶离上界，为青帝点缀春光耳。皓月在怀，和风在袖，夜悄无人时，发宝瑟声；侄瀹茗柳下，候我叔父，凭阑听之。"

至于玉兰的另一别名白玉兰，则带来了与白兰的混淆：白兰也同样有别名白玉兰。

今年，就在前不久白兰花开的初夏，我接待一批上海客人，他们看到敝地市花白兰的标志，便说：啊，我们上海的市花也是白玉兰呢。结果我费了一番口舌，说你们那是玉兰我们这是白兰，不是同一种花，他们仍将信将疑；因为我们在介绍时，按广东人的习惯，直接称之为白玉兰；而我们市花标志上的图案，也确实更像玉兰。——我估计，当时请的可能是对白兰没有亲身体会的外地设计者，跟人家说画白玉兰吧，遂有了这个样子。

其实玉兰和白兰当面还是很易分辨的（那次的上海客人行色匆匆，否则我会带他们去树下看看）：

玉兰和白兰虽同是木兰科的白色香花乔木，但玉兰为木兰属,白兰为含笑属。玉兰冬季落叶(故有春来时先花后叶的奇观),白兰终年常绿。玉兰花大,花径有十至十六厘米,呈杯状形、钟形;白兰花小,长三四厘米,宽仅三至五毫米,呈披针形。玉兰主要在春天开花(《中国花经》说:玉兰因对温度敏感,故南北花期可相差四五个月之久,即使在同地,每年花期早晚变化也很大),花期较短;白兰花期较长,由春至秋,但最盛是在夏日。

玉兰原产我国中部各省及印度,现国内外广泛栽培。白兰则原产印尼爪哇及马来半岛(其有别名缅桂、白缅花,估计与从西南传入有关),我国主要在华南各地种植,长江流域及华北多作盆栽,冬季叶略有凋落,需在温室越冬。周瘦鹃《花木丛中》的《扬芬吐馥白兰花》,便写到一个"甜津津的回忆",说是曾到广州,"瞧见两旁种着的行道树,都是白兰花,不觉欢喜赞叹",因为白兰在他所居"苏沪一带,只能种在盆子里,娇生惯养"。——写生对象为苏杭等地的周天民,其《花卉画谱》乃因此误把白兰花当成"高五六尺"的"落叶灌木"了。

作者也是华东人的民国著作《花经》,说白兰"学名待考",又将其与黄兰混为一谈,这除了地域隔阂,恐怕还跟白兰传入时间不长有关。记粤地花木甚多的清初屈大均《广东新语》、晚清梁修《花埭百花诗》,就均不录白兰。但白兰虽没有玉兰那么历史悠久、深入人心,也不像玉兰那样标格奇特、高贵,却有一样别趣:玉兰只宜树上观之或插瓶,白兰则可簪发佩身、随处摆置室内,因而带动了种植、出售之业。周瘦鹃的《扬芬吐馥白兰花》、《拈花集》中的《卖花声》,以及《花经》等,都有记载苏州虎丘居民这方面的情状,周氏并曾赋诗记之。就连植物学书籍对白兰的描述,也都会带上一点儿其花香般馥郁浮动的诗意,《木本花卉》是这样记载的:

"花极清香,闻者心旷神怡,深受人们喜爱。树冠美观,为良好的庭园、街道、公路的绿化、香花花木,一家一户在庭院种上一株或在阳台、天台大型盆栽白兰,不但可采花出售,而且院宅里外香气宜人。妇女们常摘下白兰花簪佩在身用作装饰。"

三、木莲与荷花玉兰

"木兰"的另一种,木莲,高兴的《古人咏百花》介绍说:"系木兰科常绿乔木,产于我国西南及东南部。由于花很像玉兰,致使《花镜》都错误地把二者混为一体(按:《花镜》将木莲作为玉兰的别称)。其实,二者还是各有特点的,如木莲的叶状为倒披针形,而玉兰的叶为倒卵状长椭圆形;木莲一般为初夏开花,而玉兰却一般在初春开花。"该书收入了白居易的《木莲并序》(按:实为《木莲树图序》),序曰:"木莲树生巴峡山谷间,巴人亦呼为黄心树……"其诗共三首,有云:"云埋水隔无人识,唯有南宾太守知",是诗人发现这一"遐僻"之花的得意之情。又云:"山中风起无时节,明日重来得在无",则是对此花"四月初始开,自开迨谢仅二十日"(《序》)的感叹。

潘富俊的《成语植物图鉴》，第一篇即因"木兰双桨"而再释木兰，但写得大逊于"楚辞""唐诗"两本植物图鉴，更有些令人摇头的处理。如将《述异记》"鲁班刻木兰为舟，至今在洲中"一段直译而不加说明，正文就成了"鲁班刻的木兰舟，现在仍在那里"，让今人摸不着头脑。更有这样一节，说《白乐天集》中记载了一种花如莲、木心黄的木兰树，然后把白居易《木莲树图序》那则序翻译成白话文，却不点出人家的诗题等，最后来一句："这里说的木兰应该是指木莲。"——白乐天明确写出的木莲，遂变成潘氏的分析判断结果。这样有"巧取"之嫌的行文，当为识者所力避。

《中国树木志》载，木莲属于木兰科的木莲属，花期五月，边材淡黄色。这合于白居易所记。但花白色，不是白诗中所写的"红似燕支腻如粉"，且产地中没有四川。不过，我国木莲属有约二十余种，白乐天不一定是虚言，可能他看到的是别的品种，如川滇木莲，便产于四川、云南，花紫色或红色，花期五至六月。

木莲的得名，当然是因其花状像莲花。白居易小序说："花如莲，香色艳腻皆同，独房蕊有异。"《古人咏百花》另收袁枚《木莲花》："莲花认作池，误生高树顶。"而不是高兴说的："花很像玉兰。"——因此，它更易令人产生误会的是也因花状如荷而得名的荷花玉兰。

荷花玉兰也是木兰科。常绿乔木，花白色，花期春夏，木材黄白色，优美的绿化观赏树种——这些都近于木莲。且它也有别名叫木莲花。但其花有香，与木莲不同属（木兰属），形态还是能分别的。

巧或不巧的是，荷花玉兰又有别名广玉兰、洋玉兰、玉兰、大花玉兰，于是有时还会与玉兰相混。《花经》就将它归入"玉兰"条述之，虽然也能指出其间差异："广玉兰叶不落而终年苍翠，亭亭如盖，永拥春妆；花期亦不同，自黄梅至七月下旬，络续开花，故不及白玉兰（按：即玉兰）之花团锦簇，而香则过之。"

在第一节里曾谈到，木兰科中有些植物名"某某木兰"；实质不限于该科，其他不少花木也都常有"某某玉兰""某某木莲"等称谓（甚至连前缀"某某"都舍去），"木兰/玉兰/木莲之乱"，可谓花样百出。——在玉兰与白兰、玉兰与荷花玉兰之外，下面还要再谈一种关于玉兰的"花木兰现象"。

四、紫色的玉兰与紫玉兰（辛夷/木笔）

玉兰，顾名思义（见前引《群芳谱》），本应是玉白色。另有紫玉兰（辛夷/木笔），从前的《花经》、当代的《木本花卉》都将其归于"玉兰"条下并述，是不确的，它们是木兰科木兰属玉兰亚属中不同种的植物。

但仅以颜色区分，也成问题，因为玉兰后来也有紫色的了，且还不止一种，它们便常被与紫玉兰混同。

一是紫花玉兰，乃玉兰的变种，花外紫内红。《中国花经》、贾祖璋《银花玉雪香》等有载。

二是二乔木兰,为玉兰与紫玉兰的杂交种。屈大均《广东新语》之《花木历》条记:"予尝得其法,以辛夷、木兰合为一,有诗云:'辛夷与玉兰,一白复一紫。二花合一株,颜色更可喜。'"因杂交成功的历史已不短,它不像紫花玉兰那样只有不独立的附属地位,而是与玉兰、紫玉兰为同科同属的不同种植物了。花色也有异,是外淡紫红色内白色(此据《花经》。另《中国树木志》则说是紫色或红色,并指出,此花形状、颜色变化较大。)

讲到杂交,这里要先插说紫玉兰一个特点:它长于"为人作嫁"。《群芳谱》记玉兰之栽培:"寄枝用木笔,体与木笔并植"。《花经》则谈到:"辛夷性较强,发育亦速,故常用作白玉兰、广玉兰及同科花木之砧木也"(嫁接繁殖植物时受嫁接的那一方植物体)。《木本花卉》等也都有这方面记述。

那两种紫色的玉兰,与玉兰一样,都是花先叶开放的落叶乔木(其中二乔是略矮的小乔木),花期也相近。

至于紫玉兰,乃落叶灌木(周天民《花卉画谱》称是乔木,误),花外面紫色或紫红色,内面带白色。花期稍迟。其花、叶的先后关系则众说不一:北宋寇宗奭《本草衍义》称"先叶后花";《中国树木志》谓"花叶同时开放";《中国花经》中,"玉兰"条谈及同属的紫玉兰时则说"花叶同放或稍后于叶开放"(按:前面已谈到,这两部分内容出自同一位撰者刘玉壶);但到"紫玉兰"条(另一专家徐连根所撰),却变成"花先叶开放或花叶同放"。

当然,除了乔木、灌木等区别外,紫色的玉兰与紫玉兰之花形也是所有不同的。手头植物书的插图，以《中国树木志》画面最大、最细致；潘富俊《楚辞植物图鉴》更分别有两者的彩色照片，可供清楚比较。

能进入《楚辞》，可见紫玉兰历史之久远。它在古代的名字是辛夷，屈原的《九歌》《九章》等多次提到，其中《九歌·湘夫人》中有一处将木兰与辛夷并举："桂栋兮兰橑，辛夷楣兮药房。"说的是用桂木做栋梁、用木兰做屋橑、用辛夷做门楣、用白芷（"药"）间隔卧房。（据邬霄鸣《屈赋全释》）那时候，辛夷也像"木兰"一样，是建材用木。但后来，更主要是作药用了——木兰科植物的特点是多有香花，多有材质堪用者，还多可入药，这方面最有名的是辛夷。其特性是辛温解表，用作镇痛剂，主治头痛、风寒、鼻炎等症。

当然，细究起来，潘富俊《楚辞植物图鉴》之"辛夷"条的意见是对的：辛夷供作药用的部分是花蕾，木兰科有数种木兰植物花蕾有毛，都当成"辛夷"来使用。因此"辛夷"所指的植物应该不止一种，只不过最常用的是紫玉兰，其余的尚有玉兰等等。——据《中国花经》介绍，在长沙马王堆一号汉墓中发现保存完好的药物辛夷，经鉴定就是玉兰的花蕾。又《古人咏百花》收有清赵执信《大风惜玉兰花》，有句云："苦为辛夷酹一杯"，也是指玉兰花蕾。

也许正因此，加上前述紫花玉兰、二乔木兰的"掺和"，辛夷曾一度被误指为古之木兰、今之玉兰。贾祖璋的《银花玉雪香》，引述胡仔《苕溪渔隐丛话》之说：韩愈"《感春》诗：'辛夷花高开最先。'洪庆善注云：'辛夷高数丈……北人呼为木笔;其花最早,南人呼为迎春。'余观木笔、迎春自是两种:木笔色紫,迎春色白;木笔丛生,二月方开;迎春树高,立春已开。然则辛夷乃此花耳。"——贾先生很谨慎,他说:"韩诗没有说明花色,所以难以断定所说的辛夷究竟指哪一种植物。"下来才分析:洪庆善认为辛夷(木笔)即迎春(玉兰),是错误的;但胡仔虽指出了两种花树的不同,却"认为迎春就是辛夷,木笔是另一种植物,则与木笔便是辛夷的传统观念不符。"

辛夷与玉兰花开先后的问题,继胡仔之后,明人王世懋也予以明确了,其《学圃杂蔬》载:"玉兰早于辛夷,故宋人名以迎春,今广中尚仍此名。"可是,到陈淏子的《花镜》,释辛夷形态、习性较准确,却仍称辛夷"一名望春";而今人伊钦恒在注解中指出其误,却又将望春花释作法氏木兰。到潘富俊的《楚辞植物图鉴》,则还说:辛夷农历正二月开花,是木兰类植物最早开花的树种,南方人因此称为"迎春花"。——又一次延续洪庆善之误。

上面贾祖璋那段引述和论述中,另还有两个"公案"。一是花色。辛夷紫,(正宗的)玉兰白,本应已不成问题。但奇怪的是,唐李群玉《书院二小松二辛夷》诗中的辛夷竟然是白色的:"狂吟乱舞双白鹤,霜翎玉羽纷纷落"。邬霄鸣《屈赋全释》也释辛夷为白色。——这大概就是误玉兰为辛夷所致了。据网友告知,至今河南等地多栽一种"白辛夷",其实那应为玉兰,问题出在"辛夷"既作植物名又作药名,作药名时是包括了玉兰的(见前述),而玉兰花白,民间遂将药名混称为植物名。

二是辛夷与木笔为同一种植物问题。这本也是历来确定的"传统观念",可是除了胡仔,近人黄岳渊、黄德邻著的《花经》也认为木笔不是辛夷:"木笔之叶较辛夷为尖少,色亦深绿,花瓣略狭;夏秋或能开花一二,故又称四季玉兰"云云。——该书"玉兰"一节,谓此树种"有落叶与常绿之别,开花期亦有参差",且把辛夷、木笔、二乔、白玉兰、广玉兰并列归入,这大前提首先已错。实际上他们这个"玉兰"概念略等于我们今天说的木兰科木兰属植物,其中只有"白玉兰"才是真正的玉兰(另"广玉兰"即荷花玉兰,见本文前节)。

辛夷之所以又叫木笔,正是因其入药的花蕾之形状。北宋寇宗奭《本草衍义》载:"其花未开时,苞上有毛,尖长如笔,故取象其名。"李时珍《本草纲目》载:"辛夷花初出枝头,苞长半寸而尖锐,俨如笔头,重重有青黄茸毛,顺铺长半分许。"(另外贾祖璋指出,玉兰的花蕾同样是笔尖形,不过较为粗大。)

晚清梁修《花埭百花诗》中咏辛夷,紧扣木笔之名用典,最是巧妙出奇。其小序云:"京兆眉怃,究属人事。古来第一枝笔与第一花,竟是相如文君。"诗云:"合是凌云作赋才,偶窥眉怃过章台。黛痕狼藉芙蓉面,为试淋漓大笔来。"——小序先借用张敞画眉的故事,说那样的眉笔下流动的,终究是儿女韵事;天下第一笔,当属司马相如;第一花,则是卓文君。为什么会扯到这两人呢?首先,陆游有"木笔初开第一花"之句,司马相如的文章写得好,作者转借辛夷最早开花的

"第一"（虽然上面已谈到，这是误传）为最高水平的"第一"喻之；而辛夷那笔头般的花苞开放后，色若芙蓉（参见下节），《西京杂记》云卓文君脸常若芙蓉，于是，作者就用辛夷来合拟两人。诗接着由此发挥。"凌云"，是《史记》对司马相如赋才之称许。然后由张敞画眉，联想到辛夷花色有如芙蓉之面，上面黛痕（黛，古代女子画眉的颜料）纵横，竟至狼藉，这是因为司马相如不是张敞那种小眉小眼的细致描摹，而是意气淋漓的大手笔。（以上参考了梁中民等对该诗的笺注。）梁修这组"百花诗"，总的来说水平不高，但这首则写得别致有趣，别开生面——虽然其中不无视女子为男子笔下文章的气味，要惹女权主义者皱眉。

五、辛夷坞中意味长

唐人关于辛夷的诗歌，时涉僧道、隐逸的题材。

李涉有《木兰花》诗："碧落真人著紫衣，始堪相并木兰枝。今朝绕郭花看遍，尽是深村田舍儿。"将木兰（这里应是紫玉兰即辛夷）比作身着朝廷特赐紫衣的得道高人，而其他花都不过是农家子弟，突显辛夷的高贵。

白居易有《题灵隐寺红辛夷花，戏酬光上人》："紫粉笔含尖火焰，红燕脂染小莲花。芳情香思知多少，恼得山僧悔出家。"指辛夷的艳美，撩动了高僧的尘欲。

李德裕有《忆辛夷》："昔年将出谷，几日对辛夷……"

就是说，辛夷是他拜官之前相对之物。

——在前两首诗中，辛夷是张扬的；后一首，则只是作者"出山"后的回忆。只有在王维那里，人花同在，一番寂静悠然的禅意。

说的是王维《辋川集》中的名作《辛夷坞》："木末芙蓉花，山中发红萼。涧户寂无人，纷纷开且落。"

此诗历来多佳评，仅摘录倪木兴在《王维诗选》中的意见："不着墨于繁多的景物，只选择最具特色、最有代表意义的辛夷树为主要描写对象，而又局限于花苞颜色和开谢纷繁的描写。所描绘的环境、气氛，与之协调统一，山深、人寂、花自开自落，构成了幽清寂静的境界，渗透了诗人恬静闲适的情怀。"

当然，诗人二十字，足可养活无数后人的"过度阐释"。施蛰存曾写过一篇《花的禅意》，就对在一本《文史知识》上"看到一篇禅学者赏析王维诗的玄文"，很不客气地作了批评。

施蛰存首先反对的，是该文作者把王维所写的对象定为辛夷。这其实也是历来一般观点，但施先生认为，王维写的是木芙蓉，因为"作者明明说是芙蓉花"，而"辛夷坞中，未必只有一种辛夷花"。

辛夷坞中可能有木芙蓉或水芙蓉（荷花），这没有问题。但对此诗，人们一般认为是因花色相近，而以芙蓉指代辛夷。最有力的证据，是被施蛰存批评者也引用了的，裴迪在《辋川集》和诗中写到："况有辛夷花，色与芙蓉乱。"但施蛰存说："这个证据，提得也非常牵强。"只是我观此文的分析推论，感到反而是施先生牵强了。以芙蓉形容辛夷，并不仅是王维，上节所引的梁修《辛夷》也有"黛痕狼藉芙蓉面"之句，可见是得到认可的。施蛰存非要因"木末芙蓉花"句就说王维一定在写芙蓉，未免扣得太实了一点。他下文又引了白居易那首《题灵隐寺红辛夷花，戏酬光上人》，诗中写到"红燕脂染小莲花"，施先生却同意是白居易将辛夷比作荷花。这是无法自圆其说的双重标准了：为什么许白比拟就不许王比拟呢？

另外，王维诗中的"纷纷开且落"，也更像辛夷而非芙蓉。辛夷的花期，跟玉兰一样，是短促的。杜甫有"辛夷始花亦已落"句。李商隐的《寄恼韩同年（时韩住萧洞）二首》之一则写到："帘外辛夷定已开，开时莫放艳阳回。年华若到经风雨，便是胡僧话劫灰"。即以辛夷比匆促青春，寄言珍重芳华，惆怅风雨劫数、人生短暂。（参考刘学锴等在《李商隐诗歌集解》中的意见。）

总之，在这个问题上，我愿从众：《辛夷坞》写的就是辛夷。

更关键的分歧，在于对诗意的理解。施蛰存抄了好几段那篇"禅味"的"玄文"：

"在辛夷坞这个幽深的山谷里，辛夷花自开自落。自然得很，平淡得很"。"辛夷花在树梢怒放，开得何等烂漫！辛夷花又在纷纷凋零，又是何等洒脱！既没有生的喜悦，也没有死的悲哀，无情有性"。"默默地开放，又默默地凋零，既没有人对它们赞美，也不需要人们对它们的凋零一洒同情之泪。它们得之于自然，又回归于自然"。"辛夷花纷纷开落，既不执著于'空'，也不执著于'有'，这是何等的'任运自在'！

'纷纷'二字，表现出辛夷花此生彼死，亦生亦死，不生不死的超然态度。"

施蛰存对此颇作了挖苦。如嘲讽说"赏析得禅味甚浓，倒也亏他有此别才。"讥讽说"禅学家已超过了弗罗伊德，能分析植物心理了"。又揭破王维本身"烂漫"和"洒脱"背后的人格污点，说他不配比作这样的自然之花。

——在此我要说明的是：其一，上面没有全部抄录引文，施蛰存对原文其他方面的批驳，我认为是有道理的，不过与本文的意思关系不大。其二，我总的来说也不喜欢今人"过度阐释"式的诗词"赏析"，尤其是夸张文艺腔的那种；原文这类以己代人（既代了作者也代了读者）、过分抒情的浓腻文字，我也舍去了一些。其三，"过度阐释"中最极端的，要算"禅"。"禅"本来应以心体会，却成了文字般若，乃至成了"禅学"。施蛰存对禅学不抱好感，对故弄玄虚的以禅解诗尤为反感，这一点我是非常同意的。

但在这样的前提下，我却还是要说：仅以上面转引的那些话而论，我宁愿倾向于那赏析者，很喜欢他所渲染的辛夷花（可惜施蛰存没有说明其针对的作者、文题）。

九年前，恰也是现在这样的八月初日晴夏天，我曾静守书房，闲览杂书，当中就读了施蛰存的《文艺百话》，感到他《花的禅意》此文是全书中我唯一不佩服者。且把当时笔记中的几句话转录过来：

对王维笔下的辛夷，那赏析者理解得好。那种天地无情、万物自美、自生自灭、方生方灭的大景观，恒为我所感念、赞叹。惠特曼描写的草叶亦近之，当年我能自脱心魔、走出深渊，主要就是得益于那片草叶所代表的这种自然气象。庾子山最令我瞩目的，也是"草无忘忧之心，花无长乐之意"的这类领悟。……

——写的说的，是很久之前的事情了。花草不断开落，季节不断轮换，人世不断生灭。上溯辋川别业，诸多名胜早成陈迹，唐时辛夷今已无存，只剩下文人在争辩当年诗人写的究竟是不是它。而悠然隐逸的王维，当时即已遭逢乱世，以致成了施蛰存所斥的、"安史之乱"中的"汉奸"。但他也早已无言凋落了，是非任从后人评说。（写到这里，我又想起了上官周所绘《晚笑堂画传》中那幅王维像：只留给世人一个疲倦的背影，似有着淡淡的难以言说的心事。）至于我自己花间草下的心路历程，好像也不无"胡僧话劫灰"、回看前身的私己心情。

只有"自然"，是不变的。比如说，不是那个夏天了，但始终每年都有夏天来临；没有辛夷坞中的花木了，但始终还有辛夷这种植物。而既然万物"得之于自然，又回归于自然"，则我们一切失去的，也都仍在这"自然"之中，不会消逝。如此，自然所有的气度，花木所有的安静，辛夷所有的超然，我们也应该尝试拥有。——乘木兰舟从远古一路荡来，谨泊于此。

2005年7月底至8月初完稿，时自家阳台白兰花犹开；初稿贴网后，承一些网友指正和提供资料；8月19日，雨中赏楼下池塘边一棵荷花玉兰后修订。

《历代林木诗选》，吴鹤鸣等编注。湖南出版社、湖南文艺出版社。1981年8月一版。

《花镜》（修订版），[清]陈淏子辑，伊钦恒校注。农业出版社，1962年12月一版、1979年12月二版四印。

《本草纲目》，[明]李时珍著，[清]张绍棠重校。中国书店，1988年5月影印一版、1996年1月八印。

《中国植物图鉴》，贾祖璋等编。中华书局，1955年7月一版（据开明书店—1937年5月初版重印）。

《群芳谱诠释》（增补订正），[明]王象晋纂辑，伊钦恒诠释。农业出版社，1985年11月一版。

《花与文学》，贾祖璋著。上海古籍出版社，2001年9月一版。

《中国树木志》（第一卷），郑万钧主编。中国林业出版社，1983年10月一版、11月二印。

《中国花经》，陈俊愉等编。上海文化出版社，1990年8月一版、1999年5月十三印。

《古人咏百花》，高兴选注。黄山书社，1985年3月一版。

《唐诗植物图鉴》《楚辞植物图鉴》，潘富俊著。上海书店，2003年1月一版。

《花经》，黄岳渊等著。上海书店，1985年6月一版。

《拈花集》，周瘦鹃著。上海文化出版社，1983年6月一版。

《花卉画谱》，周天民编绘。上海人民美术出版社，1983年4月三版、1985年2月三印。

《广东新语》，[清]屈大均撰。中华书局，1985年4月一版、1997年12月二印。

《花埭百花诗笺注》，[清]梁修撰，梁中民等笺注。广东高等教育出版社，1989年4月一版。

《成语植物图鉴》，潘富俊著。中州古籍出版社，2005年1月一版。

——另及：后来购得著名木兰科专家刘玉壶主编的《中国木兰》（北京科学技术出版社，2004年6月一版）。这一巨册，编写背景是长达二十多年的课题研究，共收录木兰科植物11属170多种，彩色、黑白手绘图合共137幅，彩色照片552幅；书后附木兰科植物的栽培繁殖技术与方法，及刘玉壶所创立的木兰科分类系统等。蔚为大观，有兴趣的读者可参考之。

伊索种的葡萄和荆棘

一、伊索植物园

伊索寓言，本是最早的"文学动物园"，如论者指出的，它与我国古代寓言较多出现人不同，是广泛地运用了拟人化的手法，很多动物从此确定了在人类文化史中的典型形象。相对来说，其写植物少一些，也似乎少有人研究这一范畴。近日得肖毛新译编的《伊索寓言》，其最大特点是"类编"，按叙述的鸟兽虫物等等细分类别，归并集中，便于检索，以此逗起了我由之窥探古希腊花木的兴趣。

当然，分类必有交错，肖毛这新译本"草木的寓言"只收入十篇，实际上伊索写到草木的不止于此，有些因该植物在某篇中并非主角而被划入他处。更应注意的是，伊索寓言乃世界文学中一个复杂的"动态系统"，伊索在世时并没有结集，后人的收集、整理、出版，一直有所添加、删改，版本繁多，篇数不同，内容各异；肖译所据的十九世纪乔治·菲勒·汤森的英译本，虽说已把明显非希腊时代的作品予以剔除，但也仅是五花八门的版本中较好的一种而已,这就需要比较参照。

伊索寓言当代重要的中译本有两种:一是周作人从法国商伯利编校的希腊文本子译过来的《全译伊索寓言集》;二是罗念生等人根据德国A·豪斯塔特等编订的希腊文本子所译的《伊索寓言》。我粗略统计了一下:肖毛译本中出现的植物计有二十一种,而周作人译本中的植物是二十五种,罗念生等人译本则有植物二十种,每种植物出现的篇数也不一样。

之所以产生这种情况,正是"动态系统"特征的反映:除了不断"注入",还总是在"导出"。所谓"导出",是在内容上,后世的拉·封丹寓言、莱辛寓言、克雷洛夫寓言等,都有很多采自伊索寓言的作品;在译本上,也跟版本一样层出不穷,浩如烟海。而因为翻译的特性,这"导出"又反过来引致对原文的互动"注入":

其一,三家依据的底本不同,且罗、肖又在底本基础上作了别择、舍弃(周译本共三百五十八篇,罗译本三百三十篇,肖译本三百篇)。

其二,则是因译者对植物的认识不同,出现了异名。这方面,一向留意"多识草木虫鱼"的周作人的译法无疑值得重视,像有些植物,在罗、肖那里以一个科目名统称之,周却细分为几种。又比如《旅人与阔叶树》的故事,该树即悬铃木,但周作人在译注中认为可意译为"阔叶树"。这确实能直观反映故事中旅行者在树荫纳凉的情形,让读者更好地领会寓言的意思,后来罗、肖就都采用了这一译法。但,也并不是说周氏必然最正确、最科学,例如其译本中的"木莓",经比照,原来说的是荆棘（奇怪的是周氏在别处有时又直译为荆棘）；我未能查到这一代称的出处，在现代植物学中，木莓是一种鲜红、酸甜的浆果灌木，最近还被发现可作减肥食品，与荆棘不是一回事。

现在，排除掉上面的复杂因素，只取三人所译的"交集"，得出三家译本均有、出现次数最多的两种植物是：葡萄（周译本四篇，罗译本五篇，肖译本六篇），荆棘（周译本七篇，罗译本五篇，肖译本四篇）。

——在古希腊植物中，具有重大文化意义的橄榄、作为主要食粮的大麦等是我们熟知的，出乎我意料的是，葡萄和荆棘竟"爆冷夺冠"，出现的频率更高。但细究起来，它们又确实是伊索寓言，乃至是古希腊世界一对很好的象征呢。

二、葡萄，以及其酒，其名，其镜

葡萄最著名的故事，自然是被狐狸讲成是酸的：因为想尽办法都摘不到，那赖皮就自我安慰，说架上的葡萄肯定还没熟透，吃不上也罢。（本文引述的伊索寓言，参考、综合了三家译文。）

在这里，葡萄高高在上，自在悠然，衬托出架下狐狸左蹦右跳，最后无可奈何自我安慰的狼狈相。

另有两回，葡萄终于落入动物的口中，但被吃到的仍不是它高贵的果实，只是枝叶；而且，那动物都要遭到报应。一回,一只鹿藏在葡萄树下,躲过了猎人的追捕,然后便开始啃起葡萄的藤叶来。不想因为啃食的声音和叶子的摇动,被猎人发现了,回头射杀它。它临死前叹息:真不该伤害救自己一命的葡萄。另一回,是山羊,在吃葡萄的嫩芽和叶子。葡萄对山羊说:你等着吧,不久自有人替我报仇的,到你被人牵到祭坛当祭品,我的果实就会变成美酒,浇在你的身上。——这是伊索笔下葡萄唯一的一次开口,不鸣则已,一鸣惊人,竟是怨毒的诅咒。

无论狡猾的狐狸、敏捷的鹿、老实的山羊,都不能轻易吃到葡萄(果实),吃到了也不会有好下场,为它报仇的是人——这极好地说明了葡萄在远古的地位。

伊索寓言还有这样一个故事:农夫希望后代也能像他一样辛勤劳动,不让土地荒废,临终前便跟儿子们说,他把财宝埋在葡萄园里。他死后,儿子们果然把葡萄园用心地挖了个遍。他们没有找到财宝,但到收获季节,葡萄却因此得了大丰收。——这故事背后的意味是:葡萄,就是古人的宝藏。

首先,在现实生产中,古人确曾把葡萄视为最重要的作物。古罗马留存的第一部农书、公元前二世纪M.P.加图的《农业志》,第一则谈置买田产,就这样说:"如果你问我什么是最好的田产⋯⋯如果葡萄好而多,则葡萄园居第一。"

人们种植葡萄,很早就有了成熟的技术。在狐狸说葡萄是酸的故事里,有一个字眼不可忽略:架。葡萄长在架上,是这故事的关键。古罗马公元前一世纪M.T.瓦罗的《论农业》,有一章专谈葡萄架的多种制作法,然后补充说:"最省钱的葡萄园是没有支柱",方式之一"是让葡萄在地上长着",这样葡萄也能照常生长,不过,"人们收获的葡萄常常要被狐狸分去一部分。"——原来狐狸偷吃葡萄是普遍的祸害,而葡萄架的发明,则让它只能酸溜溜。

其次,葡萄的培植生产,是农耕生活稳定的寓示。美籍东方学家劳费尔的《中国伊朗编》说:"只有安居不动的生活方式才适宜种植葡萄。"与之相呼应,《旧约全书》里,大洪水中的挪亚方舟停在亚拉腊山,挪亚终于能下到陆地了,他第一件事就是种了一个葡萄园。——人们渴求安定,葡萄的甜美就寄寓了生活的甜美。

但从古希腊人视葡萄为重要的植物崇拜,到后来基督对门徒说:"我是葡萄树,你们是枝子。"(《约翰福音》)地位如此尊崇,更关键的原因还不在于以上两个方面,而是伊索寓言那葡萄开口故事所提示的:葡萄能制酒。

葡萄可供食用,但主要用途是酿酒(直到今天亦然)。德国植物学家玛莉安娜·波伊谢特所著《植物的象征》中说:"葡萄树属于这么少数几种植物之一,它们本身成了产品的象征,这产品即人们用葡萄制备的葡萄酒。自古以来,葡萄酒在许多民族那里都象征着他们的重要神明。"之所以如此,是因为葡萄酒与生命的载体——血相似。古人把葡萄酒用作祭奠,意思是向死者供奉血。同时,"收获时节葡萄的死亡,压榨时的支离破碎,经发酵的混乱而获新生",这样的"复活","也是虔诚信徒渴望再生的普遍象征。"所以,葡萄酒被视为"基督之血",葡萄后来又代表基督、天主教。

然而蒙昧时代、初开天地的古人有一种阔大的气派，是人与神相混相亲。神喝得我也喝得，葡萄酒很快就成了人间的液体食粮。不过，还不是一下子"全民普及"的。《植物的象征》说："最初的葡萄酒是祭献给诸神的，然而大概不久便成为强者的享乐品。"——那时候，喝酒也要分强弱等级。M.P.加图的《农业志》便记述，榨汁酿酒后剩下的葡萄皮可以用来喂牛，也可泡"次酒"，供奴隶们饮用。——看来，那些"强者"倒真有"不吃葡萄（只喝其酒）吐葡萄皮"之风。而本来只配吃葡萄皮的动物，居然想要来吃葡萄，是古人不能容忍的，这就是伊索那几个狐狸、鹿、山羊寓言的背景。葡萄酿成的酒，无论是给神灵、死者还是给活人喝，都指向灵魂（在人间，它是"精神饮料"，主要作用于精神的愉快），岂可让不知灵魂为何物的畜生糟蹋？

我看到的最神奇的古代酒事，也应出自尊贵的当权者。古希腊希罗多德《历史》记载，波斯人"习惯于在陶醉的状态中讨论重要的事情"，"如果第一次讨论时他们神志是清醒的，他们常常要喝醉了酒再重新考虑这事情"。因为，"他们认为在那时候所通过的决议比在清醒时所作出的更可靠。"

这里说到古波斯，事实上，西亚正是葡萄的原产地。古希腊神话说，出身名门而身世凄苦的狄俄倪索斯发明了葡萄酿酒的技术，创造了把葡萄由野生变栽种的方法，并把这些知识传播各地，遂被尊为酒神——这至少在世界的范围是不正确的。葡萄和葡萄酒，都从东方传入希腊，也从西亚传来中国。

葡萄与苜蓿，是最早来到汉土的异国植物。公元前二世纪，张骞出使西域，路经大宛时带回了这两种植物的种子。但直到上世纪初叶，还有一种错误观点在流传，将中国的葡萄与希腊拉上直接关系。罗念生《希腊漫话》的《古希腊与中国》一文谈到"中文里的古希腊字"，记当年北平燕京大学的司徒雷登曾告诉他们，"葡萄"二字是希腊文的音译；还说有一把汉镜上刻有葡萄花纹，很像古希腊的浮雕。罗向他请教，但司徒雷登却拿不出那面汉镜。后来华西大学的葛维汉拿了一把葡萄古镜给他看，然而罗认为："依照样式看来，恐怕是唐代的东西。"

葡萄古镜问题，说明罗念生颇有眼光。但他似乎信服"葡萄"是希腊文的音译。其实这两个问题，早在一九一九年出版的劳费尔《中国伊朗编》中已有明确的解答、批驳了。

劳费尔学识渊博，广征中外典籍，"把植物学知识、东方学知识、语言学知识和历史知识通通结合起来"，著成《中国伊朗编》，介绍古代"伊朗"（指中亚、西亚）与中国的文化交流，以植物传播为主（我以前也曾介绍过）。其《葡萄树》一章和全书一样，文献资料极为丰富，论述分析广泛深入，这里只能摘录几个主要观点而略去其详尽的论辩过程：

其一，葡萄只有一个中心产地，即西亚，由之传播到世界各地。所谓"葡萄在亚洲中部的播种与马其顿希腊的统治及希腊的影响有关"，是错误的说法。

其二，中文"葡萄"（在《汉书》里写作"蒲桃"）来自大宛语，词根源于波斯语"酒""酒具"，是波斯古经里"浆果制的酒"一词变化出来的方言体。中文"葡萄"并非希腊语

"葡萄"派生出的,后者本身也应该是从中亚语言而来。

其三,在汉朝以前,中国也有野生葡萄树,但与张骞带回来并栽培成功的葡萄是不同的植物。"很可能外国传入的那葡萄促使人们去发现野生葡萄,所以野生的也用了同样的名字。"

其四,虽然汉朝就引进了葡萄,也从张骞的报告中知道了大宛人用葡萄制酒,但不知为什么,"接受伊朗的(葡萄)制酒和饮(葡萄)酒的习惯却很迟缓。"(《汉武帝内传》谓西王母献葡萄酒与汉武帝,"毫无历史根据,只是后人追加的传说。")直到公元七世纪,唐太宗从西域突厥那里得到马乳葡萄和制酒法,"京师始识其味。"(《唐书》)

其五,"所谓葡萄镜上的葡萄图饰与希腊或巴克特里亚的艺术毫无关系,而实出于伊朗萨珊艺术。汉朝未制有葡萄镜,而是六朝时期(即公元四至七世纪)出的。说成'汉'制的理由不过是根据《博古图录》的幼稚假定"。

按关于最后一点,还可参考沈从文的意见。沈著《唐宋铜镜》的《题记》一文谈到,唐代兼容并收西域文化,反映在镜子图案的主题上,便有葡萄等,并成为唐镜花样四大类的其中一类。该书收上自战国下至清代的铜镜一百六十五种,其中有葡萄图案的十种,皆集中在唐朝。沈从文还在《镜子的故事》《从新出土铜镜得到的认识》中,专门指出宋《宣和博古图》和清《西清古鉴》把唐代海兽葡萄镜当成汉代作品之误。——可见,唐代继汉代之后对西域的战功、开拓、交流,又一次引发了葡萄进入中国的高潮。

三、荆棘，以及伊索

回到伊索寓言，让我们再看看荆棘。——荆棘并不单指某一种植物，据说，光《圣经》就列举了二十种带刺的植物，因而荆棘是一个统称。

相比于葡萄的悠然自在、不屑轻言，荆棘可是个伶牙俐齿、针尖对麦芒的角色。有一回，狐狸——又是倒霉的狐狸——攀越篱笆时不小心滑倒，它连忙抓住了一根荆棘，不想却被扎伤了。狐狸埋怨荆棘说，自己本来是想求他帮忙，他却害得自己更苦。荆棘说："你真没脑子，我本来就是要抓住别人的，你却想来抓我。"（不过，狐狸可也是个嘴不饶人的主儿，它后来曾不止一次讽刺过荆棘及其同类：见到河上有一条毒蛇伏在一束荆棘上漂流，就说："这船主倒与船正相配！"看到驴子吃刺树的叶子，就讥笑它："怎么用柔软的舌头去啃那粗硬的东西呢？"）

又有一回，松树（肖毛译作杉树）对荆棘夸耀自己的用途广，嘲笑荆棘无用。荆棘回答说："可怜的家伙，要是想一想把你砍倒的斧头和锯子，恐怕你就还是情愿做荆棘而不是大树了。"——这与老庄哲学相通，是古人的智慧。或曰，此乃因古人掌握命运、改变外界的能力弱，在威严的大自然面前，只有以"无为、不用"来企求自保，今天人类已不需这样的担忧了。这样想的人，恐怕真比荆棘还不如。

还有一回，则是别的树木在吵嘴：石榴树和苹果树等在争说自己的果实最好最美。旁边的荆棘看不过眼，自命不凡地说道:"亲爱的朋友们,请不要吵了!"——这时荆棘就没有上面的见识了,全不顾自己根本不配插嘴这个话题。对比葡萄的贵族气,荆棘更像那些粗俗的平民,爱说爱道,有时展示聪明,有时显得愚昧,却也因此让人亲切。

另一个故事中,则出现了人与荆棘的"过招"。说的是国王梦见儿子被一头狮子咬死,怕噩梦成真,就给小王子修了一座宫殿,挂满各种野兽的画像供他解闷,就是不让他外出。小王子看到其中一幅狮子的画像,愤恨这家伙跑到父亲的梦里,害他从此被关在屋中,就对着画中的狮子骂了一通,并准备从荆棘树上折一根枝条去抽打它泄愤。不料手指被荆棘扎伤,因而感染,最终死了。——在这里,小小的荆棘,能顶替威猛的雄狮,行使命运的打击。怪不得,"后来荆棘本身也化身为独眼的死神赫格尼。"(《植物的象征》)

如是,《植物的象征》所提到荆棘的象征:"嘲弄""挖苦""死亡""尘世的痛苦""永恒的诅咒",都在伊索寓言里一一得到反映。

《植物的象征》还说,荆棘"既抵御恶,也妨碍善"。荆棘确是善恶并存一身的。一方面,智如狐狸、贵为王子,都会被它伤害,《植物的象征》甚至指出:"拔除人或动物身上的刺已经成了艺术上具有象征意义的题材。"另一方面,它则能让人取为己用,是很好的保护、抵御之材。M.T.瓦罗《论农业》有一章《篱笆和围墙》,介绍四种保护农庄的篱笆,第一种"天然的篱笆","人们通常种的是矮林或是荆棘"。

荆棘在古代西方还有一个著名的典故:古罗马人抓住耶稣

后,模仿统治者节庆时所戴的玫瑰花冠,把荆冠戴到行刑前的耶稣头上。

这使我想起了伊索,他虽然没有戴上荆冠,但同样是悲剧性地死于群氓之手。

肖毛撰有长文《话说伊索及〈伊索寓言〉》,对伊索的生平、伊索寓言的源流和版本、中译本的情况等等,辑录大量资料,作了详细考辨。概括起来,伊索的身世和死因是这样的:

伊索大约是公元前七世纪至六世纪时人,原是一个奴隶,因为才智得到主人赏识而获自由,从此游历希腊各地,沿途讲述寓言故事,以博学渐得名声,并受到了吕底亚王国克洛索斯的重用。后来,伊索作为克洛索斯的使者去特尔斐发放款项,但被那地方的人的贪婪所激怒,发生了争吵,遂停止发款,命人将金子送还给国王。当地人怀恨在心,诬告伊索亵渎神灵,将他杀死。

这样看来,伊索之死正具有荆棘"维护"与"刺人"的双重特性。肖毛总结说:"伊索应该是一个坚持原则的人;也就是说,这种人是可杀不可辱的,正如许多古代先贤一样。"

而伊索的寓言,则更像是一串串葡萄和一簇簇荆棘的结合体:它们的形式似葡萄圆润,内容则似荆棘尖利;有时如葡萄般少言(只以故事本身让人领会),有时如荆棘般饶舌;是葡萄的滋润人,也是荆棘的刺痛人;有一些肤浅,更多的是智慧……

同样,我们感受伊索种下的这些葡萄和荆棘,其实也是在感受古希腊的人文世界:在那里,有葡萄代表的甜蜜,也有荆棘象征的痛苦;有葡萄一样的高贵,也有荆棘一样的粗豪;有葡萄成酒的迷醉，也有披荆斩棘的艰辛；有葡萄丰收的善美，也有荆棘遍地的丑恶。——但总的来说，乃是如一个荆棘环绕的葡萄园，广大而自足，迢遥而诱人，枝叶摇曳，茂密丰盈，一派明丽静美好风光。

附记：树荫下的余话

在伊索寓言多不胜数的中译本中，周作人的《全译伊索寓言集》和罗念生等人的《伊索寓言》是比较著名、权威的两个白话译本。两书的译者其实早有渊源：早年，周作人曾赏识、鼓励过罗念生的古希腊文学翻译。解放后，两人得以合作，却最后闹得很不愉快收场。主要起因是两人合译《欧里庇得斯悲剧集》时的学术分歧，一是周作人一贯将自己为译文撰的详尽注释看作"胜业"，常苦于它们被社方删改，偏偏罗念生亦主张压缩注解，使周对罗颇生牢骚，亦有看轻之意；二是周对罗的译音方法也不满，认为"恶俗""可笑"。在罗念生一方，则曾引用别人对《欧里庇得斯悲剧集》说的一句话："这两个译者的名字不应摆在一起。"并记述说："我的儿子曾为我送过一次稿子到八道湾，他回家后向母亲哭诉。这些情况使我感到不安。"（《译余杂忆》）

只是我们今天谈论伊索寓言，还是不得不把"这两个译者的名字摆在一起"。对比两家译本，最表面的形态，一是周作人为"全译"，罗念生他们则将所谓"低级趣味""无意义"的篇目删弃;二是周译有详细的注释,《知堂回想录·我的工作(三)》说:此书"译得不算怎么仔细,但是加有注释六十四条(按:实为六十六条),可以说是还可满意的"。

我前面正文曾举《旅人与阔叶树》一则,周作人在为罗念生所轻视的注释里是这样说明的:"阔叶树原文云普拉塔诺斯(platanus),中国沿用曰筱译名,称之为筱悬木,案筱悬系神道教方士的一种外衣,云以防山行时竹筱的露水,在中国无此物此名,故虽写的是汉字而实非汉名,不能适用。普拉塔诺斯一语云源出希腊文普拉都斯,意云阔,因其叶阔大故,今意译云阔叶树,较之筱悬木庶几易解耳。"

周作人认为"筱悬木"(又写作"箩悬木",后来的通用译名则是"悬铃木",又称"法国梧桐")不够通俗,不利于"望文生义"地理解该寓言。"阔叶树"的译法确实更好,除了让人代入故事意境(旅人在夏季中午的暑热中,到那树荫下躺着休息),还因为,故事说那两个旅人一边纳凉,一边议论头上的此树不结果实,于人无益——但悬铃木其实是有果的,那成熟时外面被褐色刚毛包住、悬着像铃铛一样的圆形小果,就是树名的来由。也许伊索的本意是指这种果实没有食用等经济价值,但如果译作"筱悬木"或"悬铃木",就会让认识的读者犯糊涂了,意译正可避免此弊。

这"阔叶树"是周作人一个创造性的译法。肖毛译本沿用了,并加一条注释说明出处在周氏,见出肖毛一贯的实在、认真。罗念生等人的译本也沿用了,却没有任何注释,仿佛天外飞来一棵绝妙的"阔叶树",正是"前人栽树后人乘凉"。

那个寓言的核心部分,树的回答,周作人译得较好:"啊,忘恩的人们,你们现在享受着我的恩惠,却说我是无用的,不结实的么。"至于结尾寓意部分,则是罗念生等人译本更"到位"一些:"有些人非常不幸,替别人做了好事,别人却不领情。"

我看着这两段译文,联想周、罗之间的是非,以及周作人曾经一段长时间的被抹杀,真感到那些字句背后是寂寞的呼喊和诡异的反讽。

旅人们,即使他的果实不堪食用,也要记住那些阔叶曾经的荫凉啊。

断断续续数月,至2005年9月中旬、中秋之前,终于完稿。

《农业志》,[古罗马]M.P.加图著,马雪香等译。商务印书馆,1986年6月新一版、1997年9月二印。

《论农业》,[古罗马]M.T.瓦罗著,王家绥译。商务印书馆,1981年6月新一版、1997年8月三印。

《中国伊朗编》,[美]劳费尔著,林筠因译。商务印书馆,1964年1月一版、2001年3月二印。

《植物的象征》,[德]玛莉安娜·波伊谢特著,黄明嘉等译。湖南科学技术出版社,2001年6月一版。

光荣属于希腊的橄榄树

爱伦·坡的诗句"光荣属于希腊",三毛的歌词"为什么流浪远方/为了梦中的橄榄树",从久远的青春起,一直回荡在心底。这个盛夏八月,终于圆了一个长长的春梦。

希腊随处可见的橄榄树其实貌不惊人,不高大也不算漂亮。可它却是希腊的象征,更是希腊的支柱。这首先因为,橄榄树乃是神的礼物。那天在雅典卫城观赏几座希腊黄金时代的伟大神庙,其中一棵橄榄树,也是我的朝圣对象。

在远古神话中,雅典城建成时,智慧女神雅典娜和海神为争夺其所有权,分别送出礼物供人们裁决。海神以三叉戟凿石,冒出泉水(一说战马);雅典娜以长矛扎地,地上长出结满果实的橄榄树。雅典人认为橄榄代表食物、康健、富足、和平、幸福、自由,于是接受了雅典娜作为守护神,这个城市因此得名。雅典娜留下的第一棵橄榄树,就在卫城伊瑞克提翁神庙旁。据古希腊阿波罗多洛斯《希腊神话》记载和周作人的译注,此树直到公元二世纪才死去——算来竟至少享寿千年了。不过,橄榄树虽然生命力旺盛,但第一棵橄榄树的长寿传说,也可能是因为人们一直在此补种，以纪念和延续先古的象征。我看到的那棵，便是二十世纪二十年代在原来位置种下的。

橄榄枝代表和平友好，在当代作为一种修辞比喻被普遍使用，在古希腊则是真实的风俗。古希腊悲剧之父埃斯库罗斯的《乞援人》，阿波罗多洛斯《希腊神话》的周作人译注，古罗马奥维德的《变形记》，都有手持橄榄枝表示友好、请求庇护的记载。而荷马史诗《奥德修纪》的多处描写则显示，橄榄树是家园的隐喻，比如，奥德修斯漂泊十年后终于回到希腊家乡，妻子不敢相认，他说出夫妻间的一个秘密才证明了自己的身份：当年新婚时，是砍掉一棵大橄榄树，在树墩上打造婚床的。

希腊神话最早的汇编、古希腊赫西俄德所著《神谱》，开头说到缪斯女神对他写作的指引："从一棵粗壮的橄榄树上摘给我一根奇妙的树枝，并把一种神圣的声音吹进我的心扉，让我歌唱将来和过去的事情。"则橄榄树还庇护着创作，是灵感的源泉。

古希腊运动会上，橄榄也有高贵的用途。希腊阿内塔·丽祖等著《橄榄·月桂·棕榈树——奥林匹克运动象征植物》介绍，最初的奥林匹克运动会，古希腊人对获胜者的奖励是月桂枝叶编成的花环（即"桂冠"），但后来就由橄榄枝花环取代了。据古希腊希罗多德《历史》记载，当波斯国王率军入侵时，知道希腊运动员的奖品不是金钱或贵重物质，而仅是代表胜利、荣誉的橄榄枝，不禁大为惊讶，震动折服。

此外，王恺的《希腊，所有荣誉归于橄榄树》，简·艾伦·哈里森的《古代艺术与仪式》，还介绍了古希腊与橄榄树有关的其他风俗,那种植物化的生活,让人神往。

在卫城伊瑞克提翁神庙,面对这棵"圣橄榄树",遥思古希腊神话传说中的种种,正好有凉风吹过——那是从两三千年前就一直在吹着的文明古风,也是从我青年时代就起一直在心中撩动的"希腊风"吧——满树青果微微摇动,仿佛明白我的心意,轻轻点头,柔柔招手,迎接和抚拂着我。

树上的椭圆形青绿果子,到秋冬变成紫黑色后,将被采摘榨油,那就是橄榄树之所以成为希腊支柱的另一重要原因:除了是具有形而上意义的神的礼物,橄榄还是希腊人现实生活中不可或缺的恩物。

这种橄榄油,富于营养,有益健康。希腊人饮食简单,但却形体健美,长寿者多,重要原因就是他们餐桌上必有橄榄油。橄榄油还用来擦身按摩,可以恢复损伤、放松肌肉,早在古希腊运动会就被广泛使用。此外,橄榄油又可供点灯照明。

古希腊人很早就将橄榄引入生产生活,有三千年以上的栽培史。两千多年前,橄榄种植业已很普及,并且开始出口橄榄油。而到今天,这仍是希腊经济的重要组成部分,橄榄油产业占了全国农业收入的八成。

种种好处,难怪希腊人对橄榄树倾心,以至希腊伟大诗人埃利蒂斯自称为"橄榄树叶的信徒"。(《理所当然》)这是因为橄榄树不仅停留于神话崇拜,更实实在在惠泽了希腊几千年,是希腊最重要的经济作物,希腊人日常生活中的伴侣,希腊精神的象征。我想不出还有哪一种植物,与一个国家的神话、历史、经济、生活、文化乃至民族精神有这么深厚的联系。

每趟旅行，都是在谈一次流动的恋爱……希腊，让我爱的太多，但爱到值得专题写下的，还是你，光荣而永恒的橄榄树。

2011年8月上旬游而有感，9月下旬撰毕。

《橄榄·月桂·棕榈树——奥林匹克运动象征植物》，[希]阿内塔·丽祖等著，朱圣鹏等译。花城出版社，2008年7月一版。

菩提叶上绘莲花

印度是佛教的发源地，二月初春小游，看到鸡蛋花等盛夏花卉在这片热土上依然繁花满枝，这正是佛教植物的一种。鸡蛋花的花蕊藏在花瓣底部的花冠管内，是看不到的，如此"无心"，或正见佛性。

这趟印度之旅未能寻访佛教遗址，不过，买了好些精美的手绘小画，特别是一幅绘在菩提树叶上的莲花少女，则已包含两种最重要的佛教植物了。

菩提树，传说释迦牟尼在其树下修行彻悟后成佛，因此被尊为佛教圣树。但确实，"菩提本无树"："菩提"意指觉悟、智慧，原本并不是树名，那么佛祖当初是坐在哪一种树下悟道的，便有不同说法。较集中的意见，是指原产印度的桑科榕属乔木毕钵罗树。

这种"婆娑挺拔"的菩提树，随着佛教传入中土，一般栽于庙宇，但华南地区也广植于路边，见于王缺《华南常见行道树》。这就褪减了神圣，从荫蔽佛陀到为普通行人所用，返归平常，照拂尘世，是更接近佛家情怀了。

菩提树叶净亮鲜嫩，形状漂亮：圆形如心的宽大叶子，顶端骤然收窄成长尾状，称作"滴水叶尖"。如此优雅，仿佛是从心脏抽出一缕细长的思绪，也很有佛家意味。

段成式《酉阳杂俎》记印度最初的菩提树，"至佛入灭日，（叶）变色凋落，过已还生。至此日，国王、人民大作佛事，收叶以归，以为瑞也。"可见从一开始，菩提叶就是吉祥之物。

就像佛祖的涅槃，菩提叶也能在"死"后呈现另一种生机。屈大均《广东新语》记载，古人将菩提叶浸泡后再经洗刷，去掉叶身肌肉组织，剩下的"枯叶"整片清晰透明、薄如蝉翼，用来制成灯帷、笠帽，"轻弱可爱，持赠远人"。这就远比现在一般制成书签要精巧和有情味得多，贴切着"菩萨"一词的本意："觉有情"。

在这样"去青成纱"的菩提叶上绘画佛像等，也是古已有之（见吴其濬《植物名实图考》），不过我在印度选购的都是人间题材。这些菩提叶，从蓊郁翠绿变成枯黄干瘪，而店家将其粘贴在黑色卡纸上，更显背景的死寂；可这样的叶子上却绘着或安宁或华丽的图景，恰好对应我"虚实结合"的人生信条：在虚无的底色上，尽力画出一些哪怕仅仅好给自己看的美好画面。一如那幅少女手捧盛开的白莲花，有一份静穆的饱满，也是"觉有情"了。

莲花在佛教中象征清净无染的菩提心。但我这次从印度回来后读《佛教的植物》《佛教的莲花》等书才知道，佛教的莲花不完全等同于，甚至主要不是我们常见的荷花，而是包括了几种印度睡莲，两者是不同科属的植物。

因为佛教的影响，莲花被误解为佛教的专属圣物。事实上，古印度爱莲之风早已盛行，后来进入宗教，最初也不是佛教，而是古代印度教。印度史诗《摩诃婆罗多》记载，天地初开，万物创造者梵天就趺坐在莲花中。但佛教兴起后，将这样的形象取为己用了，《佛教的莲花》的说法是："于是佛陀随顺世俗，也坐于莲花上。"

然而到了现代，佛教在其发源地印度已沦为少数教派，被印度教同化、吸收了。这种互相交融、风水轮流转，可见连神圣的宗教都并非凝滞不变，我们也当不拘于世相，随顺世俗。

佛家认为诸花中莲花最胜，最推崇的是它生于淤泥而能长出美丽花朵。但这除了象征超脱污浊世间、出淤泥而不染外，佛经中还有一点是以卑下的泥污代表烦恼众生，说明只有在众生之中，才能生起佛法。我觉得这意思很好。所谓"出淤泥而不染"，我想不应理解为莲花对污泥的高傲、鄙视、排斥，而应该视作对俗世的相亲与扬弃，不即不离、若即若离也。莲花一方面高洁出尘，仙风道骨，让人心神涤净；一方面家常随和，易生常见，令人亲近无碍，我喜欢这种既"高世绝俗"又"浮世徇俗"的气质。

佛教的莲花故事，最著名的是"步步生莲"，传说中佛陀降世便能如此，还有一位莲花夫人亦然。我曾在旧文《回忆莲花日子》中写过，大学刚毕业时，读谈锡永《佛经故事新编》中的这个故事，那是一段远古的惆怅，仿佛道出了前缘与旧情、悔恨与距离。到如今，赴印度前读常任侠选注的《佛经文学故事选》，也有这篇《莲花夫人》，原文却并无昔年"新编"演绎的许多惊心抒情。这也好像是一种象征了，岁月人生，返归朴淡。

莲花莲花，便如此回复平常，因之不由心中一宽，继续把烟灰弹进那个本可作佛教法器的莲花香炉。

2011年2月底

《华南常见行道树》，王缺主编。新疆科学技术出版社，2004年12月一版。

《酉阳杂俎》，[唐]段成式著，杜聪校点。齐鲁书社，2007年7月一版。

《广东新语注》，[清]屈大均撰，李育中等注。广东人民出版社，1991年5月一版。

《植物名实图考》，[清]吴其濬著。中华书局，1963年2月新一版。/《植物名实图考校释》，张瑞贤等校注。中医古籍出版社，2008年1月一版。

《佛教的植物》，未署作者。中国社会科学出版社，2003年1月一版。

《佛教的莲花》，未署作者。中国社会科学出版社，2003年1月一版。

幽林一清峰，淡酿桂花香

"城市旅人"林一峰，多年来一直在游走和游吟，他的歌曲主题，从异域风情到香港记忆，再到都市人心灵世界，不断探寻、不断丰富。近年推出的《花诀》，又迈向一个新领域：回归古典，回到中国传统文化。

这张以花为主题概念的国粤双语专辑，几乎全部由林一峰包办词曲，文字典雅精致，化用大量典故，极具书卷气；音乐美妙动人，既迥异于流俗，又不排斥流行，非常耐听。合作者黄馨（这恰好还是一种婀娜春花的名字）的独特唱腔动人心弦，让这张《花诀》锦上添花。此外，歌曲编排别出心裁，整张专辑呈现一种奇妙的完整性，有如一件完美的艺术品。

对中国传统文化，林一峰不仅借来了形，更参透了神。如他所说的，把诗意典故演绎成现代流行曲，是为了表达委婉、含蓄、单向、幽微的东方式爱情。

于是花开花落，便不是包装的情调，而是深邃的情感，更是清淡的情怀。一曲《桂花酿》，写尽了一种岁月流逝纷扰流变间的细水长流关系："高低起伏淡去了"，但"你的笑容溅在我心上／我还记得"。"浪花消失了总带来凉静风恬"，"感情总要流过时间历尽千山万水／把两心提炼"。"像桂花，像清酒／淡淡的爱，慢慢的酿。""桂花下牵的手／世界再乱也不怕失散／用感情酿的酒／岁月再长也不会变淡。"

以上只是国语版，此歌还有粤语版，分成五段散落在全碟中作为过渡间奏曲，就像散落在年月长河中的心声，让林一峰一再吟唱：感情经过时间川流的磨蚀考验，"过后就更清澈，收放也自在……选择细水般淌过，淡淡去爱"，"于心里淡淡记载"。"远望时光背后路漫漫／有你祥和一双眼／如晚舟，像初雪／在宁静里稍见清减／如桂花酿的酒／在年月里不会转淡。"

词、曲、唱都令人心醉，这样的情感，真美，真好。

林一峰谈《桂花酿》的创作背景和灵感："五月时走在杭州西湖旁的小路，沿途充满桂花香，越努力却越闻不到，反而慢慢走，花香偶尔随风而来，才能感受到淡淡然的幸福……"

他说的是四季都能开花的四季桂。我也曾在农历八月的"桂月"走过西湖，桂花香气处处漂浮，甜蜜与惆怅相混，让人思忆恍惚，不禁伤惘……却也曾在春日故园花树间，重拾最初的单纯"落叶"，沿路桂花清香相伴，悠悠说些闲话，那正是数不清的岁月说不清的波折过去后，回复的明亮欣悦、澄澈平和……

桂花之于情，殷登国《中国的花神与节气》介绍，中国古代的桂花女神有两位，分别是唐太宗贤妃徐惠和晋代石崇的宠妾绿珠，皆为殉情而死。想到唐太宗的皇帝身份和石崇的富贵骄奢，这种弱女子以身殉主的命运让我觉得不是味道。倒是古希腊神话中有个近似的故事，情味却截然不同：太阳神阿波罗追求河神的女儿达佛涅，后者不喜欢阿波罗，为了逃避，宁愿舍弃生命变成一棵月桂树。阿波罗很悲伤，抚树而泣，发出感人的浩叹："你既然不能做我的妻子，美丽的达佛涅啊，至少你要做我的树……"（据英国古普佛《希腊罗马神话故事》）从此，月桂成为阿波罗的标志，古希腊竞赛胜利者会头戴月桂枝叶编成的"桂冠"。——不过，月桂乃原产地中海的樟科植物，与原产我国的木犀科桂花仅是名字相同。

如今，林一峰把桂花与情感的联系写得唱得更为深入贴心，《桂花酿》无疑达到了一个高度，甚至在流行歌曲之外，在花卉文学、情感文学中都可占一席位。就像清秀的孤峰下，幽静的树林中，酿出了一片淡雅的桂香，带来素淡、恬淡的气息。洁尘在《半如童话，半如陷阱》的《神谕之花》中说，桂花的花语是"吸入你的气息"。且让我们静静吸入，细细回味。

2011年6月22日夏至完稿

《中国的花神与节气》，殷登国著。台湾民生报社，1983年6月初版、1984年12月二印。

《半如童话，半如陷阱》，洁尘著。福建教育出版社，2010年2月一版。

东瀛的朝颜夕颜

川端康成写过一篇《日本美之展现》,说他问一个在日本学习的意大利人,对这个岛国最深刻的印象是什么,对方即时回答说:"绿意盎然。"这也几乎是我的答案。去年八九月间旅居两周,最震撼的观感之一,就是日本人对植物的热爱。

不说山林田野的自然生态,(川端康成谓:"全日本就是置在优美而幽雅的大自然之中。" 这种环境"孕育着日本人的精神和生活、艺术和宗教。")也不说宫殿、公园、校园等公共场地的老树森然触目皆绿,就是都市中的寻常街巷,家家户户门前墙后,都见花草树木,绿出一片安闲恬然的生机。再几个细节:在大大小小各个景区(哪怕小到只是一个庭院),都印制了随季节更新的赏花指南;从正式宴席到公路边小饭店,乃至普通的咖啡馆,每桌都精心布置着各种小巧雅致的花草装饰;路上的水电设施铁铸井盖,有的也是美丽的繁花图案;书店里,关于园艺、植物的书总在进门显眼位置单独摆出一片……

日本人爱花,是爱到骨子里、文化里的。带去读的李冬君《落花一瞬——日本人的精神底色》这样介绍:他们"从花里体认神性，而有花道，审美意识和宗教感结合，给日本人的知、情、意，打下神性的底色"。这种审美意识与中国文化有微妙的区别：我们的传统，是"花草树木皆被赋予了道德意义，道德评价主宰审美"，用抽象的"文而化之"，"来行道德和政治教化功能"，如将梅兰竹菊定为"四君子"等；日本文化特点则在于美，重视具象和个体生命，"如实地表现自己，而非作为道德观念的喻体，逃避善，而趋于美"。像中土的插花、佛教的供花，花只是载体，但传到日本后演变成花道，上升为"花乃主体，本身就有'道'。"——我不得不承认，对此我是有同感的，虽然日本人完全基于美而扬弃善，很容易走向恶的极端，所带来的后果，我也永难原谅。

不谈这样太大的话题吧，说回夏秋之间的日本之行，最常见的花是牵牛花。一个早上，在东京早稻田大学附近，看到路边一大丛蓝紫色的牵牛花开得正美，清亮的阳光穿透过花瓣，仿佛携来纯净的碧蓝天色留在了花上，真是最好的"朝颜"，看了好一会儿才走。

牵牛花这个名字，有典可据的出处，是来自南朝陶弘景、后来被李时珍《本草纲目》等反复引用的说法：有人因服用牵牛花种子治好痼疾，就牵着水牛去向此花谢恩。日本人则因其清晨盛开，而称为朝颜。比较这两个名字，都很有一份情意，但前者是浓厚的实用色彩和道德意味，后者则纯为对此花本质美态的描述，也大致可见出上面说的中日文化之别。另据吴淑芬《花的奇妙世界——四季花语录160则》，浪漫的法国人也把牵牛花称为"清晨的美女"。不过就比不上"朝颜"二字的典雅温婉了。

日本人极为喜爱朝颜，这趟在当地各处店铺所见的、铺天盖地花样繁多的花草题材纸品与纪念品中，应时的此花便频频出现（他们这类制品的花草图样会按不同季节更新），各种风格，各种图案：喜多川歌麿画的浮世绘，美人手持牵牛花团扇，或直接捧着一小盆牵牛花，更显娴雅婉妙的风度、温文端丽的风情；镝木清方等绘的多款小巧便笺，各色牵牛花或恣肆，或静敛，或浓艳，或清淡，缤纷喜人；再一张无名作者的明信片，大片幽蓝牵牛花占满了画面，繁盛而又安宁……如是等等，漂亮得让人爱不释手。

这么纤小的花儿也可制成花道，石山皆男的《陆拾柒目——画花·话花道》，第三目就是朝颜：一蓝一黄两朵牵牛花，自在地盛放出楚楚风致，温柔的尽情尽性；几丝轻俏的藤叶，是若即若离的痴缠、曲折转回的怜爱；再加上一个白瓷水盘、一块竹制花台，就成了一份娴静、清新、低调的欢悦，令人生情生意。

曹正文《群芳诗话》有一篇《翩然飞上翠云篓》，指出牵牛花在日本多达一百多种。可见日本人对其用心培育。该文谈"牵牛花是群芳谱中的一种奇特的花"：晨开午瘁的花期，与众不同的形状，明艳多变的色彩，以及"攀援缠绕技术之高，颇为惊人"，"附绳缠竹，蜿蜒而上，长蔓柔条，绕篱萦架"，文章题目所引杨万里诗句即指此特性。

在牵牛花那几个特点中，日本人最重视的是其朝开午谢的绚丽短促。清少纳言《枕草子》第三十三段,引古人"迨白露之未晞"的诗句,"叹息朝颜花的荣华不长"。(周作人译文)紫式部《源氏物语》第四十九回,写一个夏日早晨,薰中纳言看到院内各种花卉中,"夹杂着短命的朝颜,特别惹人注目。此花象征人世无常,令人看了不胜感慨"。并引古歌:"天明花发艳,转瞬即凋零。但看朝颜色,无常世相明。"薰中纳言摘了一朵带露的朝颜花,吟道:"晓露未消尽,朝颜已惨然。"他把此花放在扇子上观赏,"但见花瓣渐渐变红,色彩反而更美(按:牵牛花会自然变色,因其花瓣中的花青素经阳光照射后能让花色由蓝变红),便将花塞入帘内,赠二女公子一诗:'欲把朝颜花比汝,只因与露有深缘。'"二女公子看到那花带着露水枯萎,遂答诗曰:"露未消时花已萎,未消之露更凄凉。"(丰子恺译文)——由朝颜的短命而感遗下露珠的孤苦,这是上升到另一种悲哀了,似更刻骨。

不过,这种朝露也会另有一种情致。《枕草子》第三十四段,写男子离去后,女子在七月早晨的湿润雾气中,穿着淡紫色衣、浓红里衣、二蓝裤子的缱绻情形——这些色调让人想起牵牛花。下面说:"在朝颜花的露水还未零落之先,回到家里,赶紧给写后朝惜别的信吧……这男子匆匆归去,大约也觉得朝颜花上的露水有情吧。"周作人译注谓:日本"古时男女婚姻皆男就女家寄宿,至次晨归去,即写信给女人惜别,称为后朝"。——不止婚姻中,日本古典文学经常写到恋人之间也如此,而且那早上离去后写来的惜别信,会附上带着露水的花草,或系在树枝上。这样的文雅风俗,也真是"很有意思的"。

周作人还注解说，日本古时的"朝颜"，除了牵牛花，还指桔梗、木槿。木槿也是夏秋时节的朝开暮落之花，这次在东京看到两处很特别的木槿：护国寺那晋唐风格的佛塔前，一红一白两丛木槿花，开在一棵形状奇丽的青松脚下，仿佛红颜白肤的女子，围拢着长者在听讲佛经，很有禅意的图景。而上野公园旁边众多美术馆博物馆的其中一个馆外，掩映着西洋雕塑的木槿花，则是少见的连花心都雪白的品种。——这两处木槿的背景，恰是日本深入吸收中华古典文明与西方现代文化的象征。

与朝颜相对的，是暮开朝萎的夕颜。这次带在旅途上读的《日本古代随笔选》两种，均有夕颜的描写和注释。清少纳言《枕草子》第五十八段："夕颜与朝颜相似，两者往往联系起来说，开的花很有趣味。"不过就嫌夕颜的果实太大不好看。周作人译注谓：夕颜"乃是匏子的花，因为它开在傍晚，在苍茫暮色之中，显出那白色的花朵，可以与早上开的朝颜相比。但本文中说它结实太大，那么所说的是瓢了，日本少瓠而多瓢，取其实刨皮为长条，晒干为馔，称曰干瓢"。吉田兼好《徒然草》第十九段："六月，贫家之夕颜之花开作白色并燃起驱蚊之火，亦有味。"王以铸译注谓：夕颜即葫芦花。

这里出现了匏、瓠、葫芦等几种植物，值得辨别一下。早在《诗经》中，就有《匏有苦叶》《瓠叶》等多篇涉及匏和瓠。对于二者为何物、是否同一物、与葫芦的关系问题，历来有众多解说，吴厚炎《〈诗经〉草木汇考》就此汇录最详，指出当以《本草纲目》之说为是，即二者在远古是同一物的通称，后来才细分出不同品种而以匏、瓠分别指称。不过随后他将瓠释为葫芦，又明显与《本草纲目》所指"首尾如一者为瓠"不合。参考胡淼《〈诗经〉的科学解读》等，可以这样概括：葫芦，就是常见那种果实上下膨大、中间纤细者；匏，是葫芦的一个变种匏瓜，果实较大，扁球形，剖开后可作水瓢；瓠，是葫芦的另一个变种，果实粗细均匀如圆棍状（即"首尾如一"）。至于周作人还说到瓢，似有不通，瓢并非独立一种植物，而是匏或葫芦所制的器具。

《诗经》里写匏、瓠，都只记其叶其果的实用价值，不像日本人在意观赏它们的花（还给取了"夕颜"这样爱怜的佳名）。手头一二十种《诗经》名物著作基本亦然，最多指出二者都于夏秋开白色花。就此，也惟有胡淼《〈诗经〉的科学解读》谈得最具体：瓠，花白色五瓣，因其傍晚开花，翌晨闭合，故上海等江南地区称为"夜开花"。《辞海》也采类似说法。——这就把瓠与夕颜联系起来了。

我在日本两番偶遇夕颜，都很有情味。一次是在富士山附近的村落，细雨黄昏，路过一户人家，铺满绿墙的大片心形叶子中，开着一朵朵通体洁白的硕大花朵，花与叶的样子都非常完美，如心花沾雨盛放，舒展，恬静。另一次是在古都镰仓，随意乱逛，走进一片花木簇拥、安逸清幽的民居，午后的小巷里，一间店铺门前攀缠着一株夕颜，四下无人，阳光明净，绿叶轻垂，白花初放，在凉风中开开合合，犹如娇羞女子午睡初醒，闲寂慵懒的静好情景。

不过，回来后对比深圳一石《美人如诗，草木如织——〈诗经〉里的植物》对匏花的描述和照片，以及潘富俊《诗经植物图鉴》所载瓠花照片，都远没有我在日本所见的夕颜之美。有位以"夕颜"为号的友人说，我看到的应是也有夕颜别名的月光花，区别在于瓠、匏与葫芦花的五瓣是分开的，而月光花的五瓣连在一起；日本有一首唱秋雨夜怀人的歌《月光花》，可见此花在日本的流行。

也许，夕颜像朝颜一样，是多种类似花儿的统称吧。那位友人还告知，潘富俊《红楼梦植物图鉴》里把紫茉莉也当成夕颜。紫茉莉又名晚饭花，夏秋季黄昏开放、清晨凋谢，其名虽紫，其花也有白色的，恰好我在日本亦见过。还是在镰仓，一个人晃晃荡荡随兴闲行，后来想去海边却兜错了路，但乱走闲看也逛得愉快，那些洁净的街道、优雅的民居，都是充满生活气息的景致；赶及到海滩看夕阳之前，路边人家篱笆上的一大丛雪白紫茉莉，在斜晖中开得繁杂极了香极了。当时就想：这也不妨算作夕颜的。

日本人重视瞬时美感，"以短暂的审美体验，代替对永恒的期盼"（李冬君《落花一瞬》），故喜欢的花事多属绚烂而又脆弱、盛大而又短促的，如樱花、红叶等，从中玩味无常、怜惜的"物哀"之美。朝颜与夕颜也是速亡之花，尤其夕颜，因为主要开在夜里，更被用来譬喻仓促而幽隐的爱情。紫式部

《源氏物语》第四回"夕颜",就讲了一个美丽哀婉的故事。

说的是源氏公子夏日客居某地,看到隔壁陋屋门前,青青蔓草中"开着许多白花,孤芳自赏地露出笑颜"。随从禀告说:"这里开着的白花,名叫夕颜。这花的名字像人的名字。这种花都是开在这些肮脏的墙根的。"(丰子恺译注云:"瓠花或葫芦花,日本称为夕颜。")源氏公子便叹息道:"可怜啊,这是薄命花。给我摘一朵来吧。"随从就去摘了,不意那隔壁人家出来一个侍女,拿着一把白纸扇对随从说:"请放在这上面献上去吧。因为这花的枝条很软弱,不好用手拿的。"源氏公子看那随花而来的扇子,上面潇洒地写着两句诗:"夕颜凝露容光艳,料是伊人驻马来。"原来,隔壁女主人就叫夕颜,因窥见源氏公子的秀美容貌和才情风度,心生倾慕,故题诗相赠。源氏公子回赠了诗句,从此便牵惹了心目,时时思之。

自然,源氏公子是个多情种,就在这一回中间,他还与一位情妇来往,并用早晨庭中的朝颜花,来比喻和撩拨一个衣着与体态犹如牵牛花的侍女。

但后来,他与夕颜终于成其好事,这番爱意却不同过往寻常,是他风流艳史中的一段真挚深情:她温柔绰约的风度、活泼天真的性情、安闲自适的气质、轻盈动人的身姿……让他无限迷恋,深深爱慕,见前焦灼盼待,聚时恋恋不舍,别后想念不置。虽然,他也有所顾忌反思,但始终无法断念。她也同样心思千回百转,两人沉浸在真正爱恋特有的烦恼中。他终于明白:"我对人从不曾如此牵挂,今番真个是宿世姻缘了。"决意与夕颜正式双宿双栖。两人隐居在一处郊野的庭院,赏花木、听秋虫、观星月,或者"互相注视被夕阳照红了的脸",在美景中镇日相对畅谈,尽享恩爱深重。他回应她当初的扇上诗句吟道:"夕颜带露开颜笑,只为当时邂逅缘。"……

只是这种与世隔绝的美好时光过不了多久,就猝然中断:夕颜得了恶疾暴死。源氏公子悲痛不已,书中用很长篇幅写他的伤心欲绝,常常哭泣冥想,怅叹"那天傍晚,只为一朵夕颜花的因缘,对那人一见倾心,结了不解之缘,现在想来,这正是恩爱不能久长之兆,多么可悲!"此后,对逝者的思念贯穿终生,哪怕再有其他种种女子如何可爱,他都无法忘怀夕颜,沉浸在回忆中哀痛怀缅。

——这个故事,我是回来后在大雪节气的早上读到的……是这样的"天意之兆",一场茫茫的风流遗恨。花,开只一朝一夕,没有了就没有了。

然而,就像曹正文《群芳诗话》里说的,牵牛花"清晨始开,日出已瘁,花虽甚美,而不能留赏";但,又"好在它生生不息",今天的花谢后,明天其他的花还会接着开,绵延生长。又如王邦尧《草木如诗》,里面的《朝颜与夕颜》篇没什么特别资料可取,倒是另有《木槿诫》,谈这另一种朝颜,让人感慨时光流逝、"一些有心保留却无力留住的美好";但又引李渔用木槿教人豁达的话:"睹木槿则能知戒",因"木槿有它开与谢的时间与秩序",	"虽短暂而有定数",已然好好开过,且宽怀面对荣枯。——在此无常的浮世,我们亦惟以生生不息作自祷、以顺随自然作自勉吧。

2013年1月底,孤寂的好天气。

《落花一瞬——日本人的精神底色》,李冬君著。北京大学出版社,2007年1月一版。

《本草纲目》,[明]李时珍著,柳长华等校注。中国医药科技出版社,2011年8月一版。

《花的奇妙世界——四季花语录160则》,吴淑芬著。中国农业出版社,2003年1月一版。

《陆拾柒目——画花·话花道》,[日]石山皆男编,陆小晟译。三晋出版社,2010年4月一版。

《群芳诗话》,曹正文著。浙江人民出版社,1985年12月一版。

《日本古代随笔选》(收《枕草子》、《徒然草》),[日]清少纳言、吉田兼好著,周作人、王以铸译。人民文学出版社,1988年9月一版、1998年6月再版一印。

《〈诗经〉草木汇考》,吴厚炎著。贵州人民出版社,1992年12月一版。

《〈诗经〉的科学解读》，胡淼著。上海人民出版社，2007年8月一版。

《美人如诗，草木如织——〈诗经〉里的植物》，深圳一石著。天津教育出版社，2007年7月一版。

《诗经植物图鉴》，潘富俊著。上海书店出版社，2003年1月一版。

《红楼梦植物图鉴》，潘富俊著。上海书店出版社，2005年8月一版。

《源氏物语》，[日]紫式部著，丰子恺译。人民文学出版社，1980年12月一版、1998年6月再版一印。

《草木如诗》，王邦尧著。中央广播电视大学出版社，2011年12月一版。

开眼启唇说相思

七夕佳期，又是岭南佳果苹婆（频婆、蘋婆）张开凤眼、轻启朱唇的时节了。

前年八月的七夕兼立秋，我在香港买到饶玖才的《香港方物古今》，里面一篇《七夕说蘋婆》十分应景："每年到了农历七月乞巧节前后，街市摊档便有一种红色的荚果，内藏二至四粒像龙眼核的果仁售卖，煮熟后香甜可口……"又介绍粤人旧俗，未嫁少女在七夕用蘋婆等果品供奉七仙女（七姐）以祈赐良缘，因此它又名"七姐果"。

除此之外，苹婆还有其他名号。近音的是本名频婆等，又因其音还近于"贫婆"，笔者所在的乡邑认为不够吉利，遂改称为"富贵子"。更流行的通称则是"凤眼果"，此说最早见于清代吴其濬《植物名实图考》，盖其鲜红修长的果荚成熟时迸绽裂开，露出里面的紫黑色种子，形状有如凤凰张目。

最有意思的，是苹婆在历史上曾一度被苹果及其兄弟夺去过名字。这方面，张帆的长文《频婆果考——中国苹果栽培史之一斑》征引了繁浩文献，考察出名称的演变，要点如下：

"频婆"源出印度梵语,屡见于佛经。如《翻译名义集》:"频婆,此云相思果,色丹且润。"《新译大方广佛华严经》:"唇口丹洁,如频婆果。"等等。该词传入中土后,至少从宋代起就用来命名岭南那种后来以近音得名苹婆、以形状得名凤眼果的植物。

另一边厢,继西汉时苹果的一个品种柰之后,元朝中后期,另一个更优良的苹果品种也从西域(新疆)传入内地广泛栽培。时人不知"频婆"已用于岭南,遂因"色丹且润"而用来称呼这种苹果,亦写作苹婆等。很多名人名著,都将这种北方苹果与佛经中的热带频婆望文生义地联系起来。明后期,由苹婆果演化出简称苹果。到晚清,西洋苹果传入中国,原来的西域品种逐渐萎缩退场,其频婆、苹婆等旧名随之消失,新品种只沿用了苹果之名,就是我们今天吃的苹果。至此,苹果和频婆两个概念才在主流著述中被截然区分。而在这过程中,柰和林檎这两种与苹果种属相近的水果,也曾被误指为频婆(苹婆),时间甚至可能先于岭南频婆的命名。这些都属于中印文化交流中的"误读"现象。

张帆这篇洋洋雄文,廓清源流,让我解惑释疑,十分高兴。还可补充几句是:

《香港方物古今》准确地指出,岭南苹婆"在中国生长的记载,首见于宋代(周去非)的《岭外代答》,该书'百子'条说:'频婆果,极鲜红可爱。佛书所谓唇色赤好如频婆果是也。'"我便因之买来杨武泉校注的《岭外代答校注》,却发现杨氏注释否定了《植物名实图考》关于此频婆即凤眼果的意见,而以讹传讹指为红林檎(苹果的一种)。

我之所以赞同这里说的就是岭南苹婆凤眼果而非苹果,关键是"唇色赤好"之喻:苹婆除了像凤眼,那张开的猩红果荚,又极像两片饱满鲜艳的朱唇,正好对应佛经的频婆。至于苹果(及其兄弟)也称频婆,那只是取"色丹且润"的形象,与"唇色赤好""唇口丹洁"等并不沾边。我们现在还会夸孩子"脸蛋像个红苹果",苹果之红润对应的是脸,而非唇。——苹果以脸代唇,长期侵占频婆一名,造成大量古籍的混乱记载。经过近千年的混淆,苹婆凤眼果终于在这场漫长的名称争夺战中取得了胜利。

今年初,经扬之水先生的提示,购得许地山所译印度古代神话《二十夜问》,因为里面有一条美人"频婆唇"的注释,简明扼要,很是可喜。扬之水还说,读到这本书的结尾,才一下子明白了什么是印度。故事结尾是这样的:国王与公主终于得以相爱,欢欣地祷求天长地久无穷尽、超越时间的永恒之爱。天神满足了他们的愿望——把这对相拥的爱人烧成灰烬,让他们通过苦行,在来生再相遇时才成为夫妇。

搜寻苹婆,竟带出它的原籍这个令人震动的故事。在中国,苹婆则又恰巧有七夕牛郎织女的背景,那是另一种极端了:迢遥分隔,暗地苦恋。看来,它真不枉"相思果"的名号啊。而我们，又能否由这样的果子、那样的故事，明白什么是爱呢？

  2010年8月14日，一场"唇口丹洁"的美梦被半夜骤雨惊断，醒来惘惘动笔，8月16日七夕完稿。

  《香港方物古今》，饶玖才著。香港天地图书公司，1999年初版。

  《岭外代答校注》，[宋]周去非著，杨武泉校注。中华书局，1999年9月一版、2006年4月二印。

长夏木槿荣，朱黄各幽情

大暑，先是第三度探访黄槿花，然后，书海探花。在书店里翻开一本台版的潘富俊《唐诗植物图鉴》，里面引《礼记·月令》的古人语："仲夏木槿荣。"真欢喜，简朴的五个字，活画出一幅夏日好花的图景。

这个夏天与木槿有缘，随后游丽江，亦有感于一树又热烈又散淡的槿花，写入植物游记中。因之继续翻查资料，再补撰此篇。

一、木槿朝暮花

木槿是历史悠久而分布甚广的绿篱观赏植物、庭园常见花树，花大，色艳，惹人喜爱。它最令人瞩目的，是花期只有一天，晨放夕坠，瞬间开落，故此远古称为"舜"，后世得别名"朝开暮落花"。《诗经》的"有女同车，颜如舜华……有女同行，颜如舜英"，便是以木槿比喻红颜的名句。

有一年夏天，网友深圳一石寄来其新书《美人如诗，草木如织——〈诗经〉中的植物》，封面画据说就是当时得令的木槿。书中讲到那首《郑风·有女同车》，说：有幸与舜华之女同车、与木槿女子同行，是值得默默祈祷的一件快乐的事。这恰可对应"自序"谈到该书写作旅程时引用的一句话："与美人同行，则正好可以拥有美人。"

再前些年也是木槿花开之夏，另一位网友冯向阳寄赠所著的《毛诗药衍》，在《有女同车》之"舜"一则中，介绍木槿的药用价值外，还列举了三位古人咏此花之诗文，说明三种看花法：刘庭琦感慨"莫恃朝荣好，君看暮落时"，是悲观；李渔惊觉"睹木槿则能知戒"，是惜时；王维悠闲地"山中习静观朝槿"，是超脱。

这却引发我别样的感触。其时天才的阿根廷足球队，又一次在大赛中大热倒灶半途折戟，他们坚持的华美优雅的艺术足球，如同让人赏心悦目的怒剑名花，但总是花一开开就谢了，输给功利现实。然而痴心的球迷仍然维护他们那种不切实际的梦幻之美，用花朵的比喻来向阿根廷致意，一是说：如果不是那样的傻气，花怎么会开。二是引用阿根廷文学大师博尔赫斯的诗句：花开给自己看／却让许多眼睛／找到了风景。——是啊，执着于理想主义犹如对美人的追求，都是快意美事，即使短暂得只有一段与佳人同行的车程、一场花开花落的朝暮，也该深存感激，不必久据，甚至不求实现，只秉持自己的傻气，哪怕仅仅开给自己看。

不过，这些感慨感触，都只看到木槿的一个方面。事实上，木槿每朵花的寿命虽短，但总的花期甚长，每天都有新花长出，所谓"槿花不见夕，一日一回新"（唐崔道融《槿花》）。它在众卉零落的夏日开得最茂盛，人们一般视为仲夏之花，乃至像《礼记》那样作为时令的标志，但其实它可从夏初开到秋末，所谓"秋至花繁锦幛垂"（宋华镇《槿篱》）。

几位有心的宋人，都特地写出它这另一方面的好处。杨万里为它的"短命"平反："花中却是渠长命，换旧添新底用催。"（《道旁槿篱》）洪咨夔进而指世间的人情反不如木槿："一秋朵朵红相续，比着人情大段长。"（《槿花》）虞俦则赞美它的生命力旺盛："朝暮相催君莫问，一边零落一边开。"（《槿花》）

这种无视零落边谢边开的顽强，朝鲜半岛的人民体会更深。吴静如编著《邮票上的林业史》收有韩国的木槿花邮票，介绍说：韩国人特别欣赏木槿花，因它漫长的花期而称之为"无穷花"，视其象征坚毅不屈的民族精神，选为国花。

最近在《三联生活周刊》上看到朱伟一篇《花绕槿篱秋》，则很好地概括了木槿带来的感动："感人是这样一种夕死朝荣之花，竟能任朝昏荣落，前赴后继，花开一直延续到风露凄凄的晚秋。"

关于木槿的古诗，除了写它花期短长外，我还特别喜欢唐人张祜的几句。这位"千首诗轻万户侯"（杜牧赞语）的张公子，早年纵情声色、流连诗酒而又任侠尚义、落拓不羁，性情狷介，无缘闻达，晚岁乃罗致木石，种树吟诗以度余年。他在《庚子岁寓游扬州赠崔荆四十韵》中写到："僻性从他谕，幽情且自矜。砌开红艳槿，庭架绿阴藤。"这种红槿绿荫间傲世自在的性情，我十分欣赏。

我也曾种过一棵木槿，那蓝紫的花儿从夏到秋，总带来愉悦的心情。只是自己不能像张祜那样放纵自适，惟有在美丽花朵与庸常人生的交织中，感受那份朝暮间生生灭灭又朝朝暮暮生生不息的幽情吧。

二、扶桑大红花

宗璞写过一篇《好一朵木槿花》，说木槿花有三种颜色，"以紫色最好。那红色极不正，好像颜料没有调好……"

同属锦葵科、木槿的姐妹朱槿，则是极正极纯朴的红色了（朱槿也有多种颜色，但以红色最普遍），因此有个别名叫"大红花"。这名字很俗气，因它粗生易长，南方人身边常见，就取了这么个邻家孩子般随随便便的叫唤——却也显得亲切。

其实朱槿还有一个很雅的名字——"扶桑"。扶桑原是中国古代神话中，生于日出之处旸谷的一种神木巨树，见《山海经》《楚辞》等。作为灌木、不算高大的朱槿何以得此名？李时珍《本草纲目》给出的解释说：朱槿"花光艳照日，其叶似桑，因以比之"。由此还得了近音名"佛桑"。而早在宋代，姜特立的《佛桑花》就写到："东方闻有扶桑木，南土今开朱槿花。想得分根自旸谷，至今犹带日精华。"今人段石羽等著《汉字与植物命名》谈到这个问题时，还指出另一对应："扶桑朝开暮落，正如同太阳一样，每日朝升暮落。"

就算比之远古《山海经》的扶桑有附会的成分，朱槿的历史也足够悠久，早在我国（也可能是全世界）最早的植物志、西晋嵇含的《南方草木状》中，已有记载："朱槿花，茎叶皆如桑，叶光而厚，树高止四五尺，而枝叶婆娑。自二月开花，至仲冬方歇。其花深红色，五出，大如蜀葵；有蕊一条，长于花叶，上缀金屑，日光所烁，疑若焰生。一丛之上，日开数百朵，朝开暮落……"嵇含对此花特别钟情，另还写过《朝生暮落树赋序》。

《南方草木状》这一节写得如此详细而优美，以致屡被后人袭引。如唐末刘恂所著《岭表录异》，多记岭南的草木虫鱼等物产，里面朱槿花一则就几乎全文照搬嵇含。不过，他最后加了两句自己的观察记录："俚女亦采而鬻，一钱售数十朵。若微此花，红妆无以资其色。"按此书鲁迅曾校勘增补，最末一句沿用一些古代版本作"红梅无以资其色"，明显不通，商璧等校补的《岭表录异校补》作"红妆"是对的。这本《校补》的《序论》赞刘恂"笔下含情"，我看在这两句记载中便得以体现：贫女红妆，有同样贫贱的野地红花相助——朱槿，是如宋蔡襄《耕园驿佛桑花》所说，"名园不肯争颜色，灼灼夭红野水滨"的——都是火红蓬勃的乡野情调。

到清初屈大均的《广东新语》，很奇怪地把佛桑和朱槿区别开来，将两者视为总和分的关系，分两篇记述。这且不去管他，但《佛桑》一篇所附其诗很可赏："佛桑亦是扶桑花，朵朵烧云如海霞。日向蛮娘髻边出，人人插得一枝斜。"因传说中的扶桑树在日出之处,乡间女子头戴扶桑花,便等于太阳从她们的髻鬟边升起了。——颇风趣,也有气魄,情景如画。

从南粤到台湾。潘富俊著《福尔摩沙植物记》广搜文史资料来写各个时期的台湾植物,又从植物来侧面反映台湾的经济史、环境史乃至人文史,这本"草木纪年史"的封面图案主体,就是一朵鲜丽典雅的朱槿花。正文中谈到,村妇喜欢采这种大红花来作装饰,并引赖和一首记游诗,犹如一幅热带风俗图:"竹刺编篱蔬菜圃,槟榔做栅野人家。多少游春村妇女,一头插满大红花。"按赖和是上世纪前半叶日治时期的重要作家、台湾现代文学之父。——由此可见,从唐代到清代再到现代,朱槿,千年间都是南方乡村妇人的"红妆资色"。

雷寅威等编选《中国历代百花诗选》,对朱槿的简介有"热烈而又温柔"一语,这也让我想到南方女子。而朱槿花型的一个特别之处,是"有蕊一条,长于花叶",长长的雄蕊探出鲜红的花冠之外,曼妙摇曳,仿佛热情的逗引,亦是南方风情。

如此夺目丽色,使朱槿成为岭南风物的代表之一,历来入粤文人多有注目。如唐代李绅的《朱槿花》,赞"槿艳繁花满枝红",且四季皆芳菲。苏轼《正月二十六日,偶与数客野步嘉佑僧舍东南野人家……》则写到:"焰焰烧空红佛桑"。——前者的四季,后者的正月(比《南方草木状》的记载更早),显示朱槿花期比木槿更长,在热带亚热带几乎全年开花不绝,不过,始终是在夏季开得最灿烂。长夏炎炎,路边道旁的大红花盛放,鲜明夺目,照亮苦夏,是南方人司空见惯的眼福,也就不会像东坡那样惊讶赞叹了。

三、朱槿风之花

然而，这么家常普通的大红花，我却想不到，除了在中国古籍里时见绽放外，居然还开到了西方文明源头的神话中，以前真小看它的来头了。

这发现源于李毅民等著《邮票图说花卉奇观》，书中收有多个国家发行的朱槿邮票，最特别的是一套希腊在一九五八年发行的世界保护自然大会邮票，以当地主要花卉为主题，四枚中三枚都是单独的花卉图案，惟独朱槿一枚加画了人物，介绍说表现的是阿多尼斯和阿佛洛狄特的故事。

阿佛洛狄特乃维纳斯女神的前身，是从大海浪花中出生的女海神，更是爱和美的女神。阿多尼斯则是因为一段孽恋而从树中生出的美少年。据古罗马奥维德《变形记》、郑振铎《希腊罗马神话与传说中的恋爱故事》等书所记：主导人世爱恋的阿佛洛狄特，自己深深爱上了阿多尼斯，阿多尼斯因不听阿佛洛狄特的劝告去狩猎凶猛的野猪，反被野猪杀死，阿佛洛狄特悲痛不已，使了法力，将阿多尼斯流出的血变为一种花，让它年年的开放来寄托自己长存的追怀哀悼。这朵血泊中生出的娇美红花，见风而开，但再来一阵风就把它吹落了，因此名为风之花。——这位美少年，"由植物所生，当然也就逃不了变成植物的命运"（《花的神话》），从树归于花。

美国汉密尔顿《神话——希腊、罗马及北欧的神话故事和英雄传说》，称这是古希腊神话中关于死后化为鲜花的人物故事里最著名的一个，并说那种血红的风花是银莲花。苏联库恩《古希腊的传说和神话》也指是银莲花，还说阿佛洛狄特在去寻找阿多尼斯尸体时双脚被扎伤，流下的血滴长出了玫瑰花。

美国布尔芬奇的《希腊罗马神话》则指这花开花落由风作主的短命之花是秋牡丹。日本秦宽博《花的神话》更具体点出是秋牡丹中的福寿草，并详细介绍了这种后来象征"基督之血滴"、代表死亡和悲伤回忆的春花。

吴应祥《植物与希腊神话》却说是侧金盏，并提供了该类植物的科学资料。

陈训明编著的《外国名花风俗传说》说法又不同：阿多尼斯是因花心轻浮，爱着阿佛洛狄特的同时脚踩两条船，受到另一位贞洁女神的惩罚，才被野猪咬死的。他临死前祈祷愿将鲜血变成花儿，花神动了恻隐之心使其达成愿望，那殷红的花是金盏花，又叫轻浮花。

陶洁等选译《希腊罗马神话一百篇》，另指风之花为白头翁。水建馥所译《古希腊抒情诗选》收入的彼翁《哀阿多尼斯》，是关于这个题材最早的诗篇（后来莎士比亚、雪莱等很多诗人也写过），其中说："（阿多尼斯的）鲜血生出玫瑰花，（阿佛洛狄特的）热泪生出白头翁"。译注云，白头翁就是花絮随风飞散四处飘零的风之花。——变得与阿多尼斯无关了。

这故事还有另一些版本，再举一个与花有关的。在法国马里奥·默尼耶《希腊罗马神话与传说》中，阿多尼斯是植物之母阿佛洛狄特的儿子，他出事后阿佛洛狄特匆忙赶去，踩到玫瑰花被刺伤了脚流出鲜血,本来玫瑰是白色的,从此因为染上女神的血而变为红色;当阿佛洛狄特赶到儿子尸体前,伤心落泪,掉到地上的泪珠变成了银莲花。该书还记载了后来希腊妇女每年悼念阿多尼斯的盛大感人的仪式。

现在,从《邮票图说花卉奇观》得到线索,这著名的风之花(直到当代还有同名的英文流行歌曲),在上述诸花之外还有朱槿一说。朱槿的鲜红,以及朝开暮落,符合神话中生于血泊、花期匆促的描述。虽然朱槿原产亚洲南部,似非希腊远古就有,但我去年盛夏游走希腊,也确曾见路边的大红花灼灼耀目。这平时熟悉的扶桑,原来除了与中国神话有关,还是希腊神话中的风之花(至少设计那套邮票的希腊人这样认定),乃更觉可喜。——从此看到它,就别有一番情味了。

四、黄槿新心花

朱槿和木槿都是老相识,锦葵科木槿属还有一种黄槿,则是新识的漂亮花树——今夏关注木槿家族,其实就是因黄槿而起。偶经路边见到这种可爱的黄花,颇觉惊艳,专门去一连探访了三次。

第一次是晚上,夜暗树高——黄槿比木槿、朱槿高大,是乔木——看不清晰,只拾得几朵落花归,并查了一些资料。

黄槿首先美在其花,五瓣围拢交叠成钟形,鲜黄色,薄薄的花瓣质地很像皱纸,又像巧手折成的绢花。所见植物图书中，以江珊等主编《野生花卉》的照片最能拍出那份精美的质感，不过，仍未展现此花的另一特点：花内深处近花萼的底座，有五道螺旋桨般的暗紫纹理。木槿也有这种花瓣基部的深色花纹，杨万里《道旁槿篱》就写过："近蒂胭脂酽抹腮"，但犹不及黄槿的花心精巧别致，令人赞叹自然造物的鬼斧神工。此外，这花心还有一株顶端紫色主体黄色的花蕊，也很惹眼。

《野生花卉》收入黄槿而没有收录木槿、朱槿，因为后两者很早已被人工栽培观赏，而黄槿原本是海滨的野生植物。王宏志主编《中国南方花卉》介绍：它的根系密集发达，能抓牢疏松的土壤，又耐风、耐盐，加上生长快速，因此成为南方沿海地区海岸防风、固沙、御潮的优良防护树种。再后来又因树形圆整，花艳荫浓，才被引入城市作为行道庇荫树。近年出版的《广东花卉》，已将黄槿归入绿化观赏树木一类中，描述说："枝叶茂密，树冠宽广苍翠，盛花期枝梢黄花朵朵，花叶俱美，为优雅的观花、观叶树种。"——原来它那娇柔美花，是长在曾经沧海的强健坚韧的树干上，这种生命本质，我喜欢。

第二次去看黄槿，是在傍晚，落花盛大如在地面布下壮观的"花阵"，明净的斜晖映照花色转深，仿佛花儿也为夕阳而醉——黄槿花色会随时间改变，对此，《香港野外树木图鉴》说，黄槿初开的花浅红带橙色，旋即转为黄色。这说法不够准确至少不够全面，由香港郊野公园护理员巡逻时写下的《生态日记·植物篇》指出相反的过程：黄槿是由最初的黄色，渐渐转为红色，最后变为紫红色才凋谢。在黄昏赏看这样黄中泛红的醉颜红晕，特别娇美。

这次还留意到黄槿与木槿、朱槿的又一区别，是叶子阔大，形如心脏，很是可人，怪不得《广东花卉》提到它同时还是观叶树种。张集益《树木家族——台湾树木的写真记录》说："心形的叶片、鲜黄的花瓣再搭配蔚蓝的海洋及天空，这就是黄槿生活圈的最佳写照。"

黄槿也是朝开暮落的，所以第三次，特地选了一个早晨再度去看，即本文开头说的大暑乐事。果然，这回地上没有落花，全在枝头初开，终可仰看树上那朵朵如悬钟般的秀丽黄花，在清亮的阳光中，金瓣透亮，清新悦人，衬以蓝天、白云、绿叶，真好景致。

就这样，从夜晚到黄昏到清早，三探黄花。槿花晨开暮谢转瞬即逝，本是不吉祥的、哀愁的，但三次从它的落看到它的开，这过程则是吉利的、欢愉的。仿佛一路看去，还有很多好花好景在静静等着，生命可以倒着走向绚烂，越开越好。

黄槿进入人们视野的时间不长，记载不多，所以本节多花点笔墨描写它的特征。确实，黄槿没有木槿、朱槿那么丰富的前世文艺故事，然而，简单清纯，自亦动人。——它能耐得住恶劣环境（那些婆娑枝叶间仿佛仍在拂动它所来处的寂寞海风），却又能适应都市的繁华，不惊不扰，自在地开出透明纯净不染风尘的精致黄花，展示旋向深处的优美花心，和光洁润泽的开阔心叶，这也正是张祐说的足可自矜的幽情了，让我倾心。

——时已晚夏，谨以本文，向这些开了一个夏天的蓝紫红黄的木槿家族致意，与之相伴，走入继续盛开的秋天。

2012年8月17日、农历七月初一完稿

《毛诗药衍》，冯向阳著。作者自印本，2005年。

《邮票上的林业史》，吴静如编著。中国林业出版社，2011年4月一版。

《山海经》，[晋]郭璞著，谭承耕点校。岳麓书社，1992年12月一版。

《汉字与植物命名》，段石羽等著。新疆人民出版社，2009年11月一版。

《南方草木状》，[晋]嵇含撰。商务印书馆，1955年11月初版。/广东科技出版社，2009年2月影印一版。/《南方草木状考补》，李惠林考释，杨婉华译，杨竞生校证补释。云南民族出版社，1991年10月一版。

《岭表录异校补》，[唐]刘恂著，商璧等校补。广西民族出版社，1988年5月一版。

《福尔摩沙植物记》，潘富俊著。台湾远流出版公司，2007年5月一版、2011年3月三印。

《中国历代百花诗选》，雷寅威等编选。广西人民出版社，2008年3月一版。

《邮票图说花卉奇观》，李毅民等著。科学普及出版社，

2011年5月一版。

《花的神话：所有浪漫的起源》，[日]秦宽博著，叶芳如译。台湾可道书房，2008年3月初版。

《植物与希腊神话》，吴应祥著。科学普及出版社，1984年6月一版。

《外国名花风俗传说》，陈明训编著。百花文艺出版社，2001年5月一版。

《野生花卉》，江珊等主编。汕头大学出版社，2009年1月二版。

《中国南方花卉》，王宏志主编。金盾出版社，1998年1月一版。

《广东花卉》，广东省花卉协会编。广东人民出版社，2009年10月一版。

《香港野外树木图鉴》，黎存志等著。香港渔农自然护理署，2008年3月一版。

《生态日记·植物篇》，魏远娥等著。香港渔农自然护理署，2003年7月一版。

《树木家族——台湾树木的写真记录》，张集益著。台湾晨星出版有限公司，2003年9月一版。

泰戈尔的树荫

芭蕉叶大栀子肥

凤凰花

玉 兰

葡萄与荆棘

橄榄枝

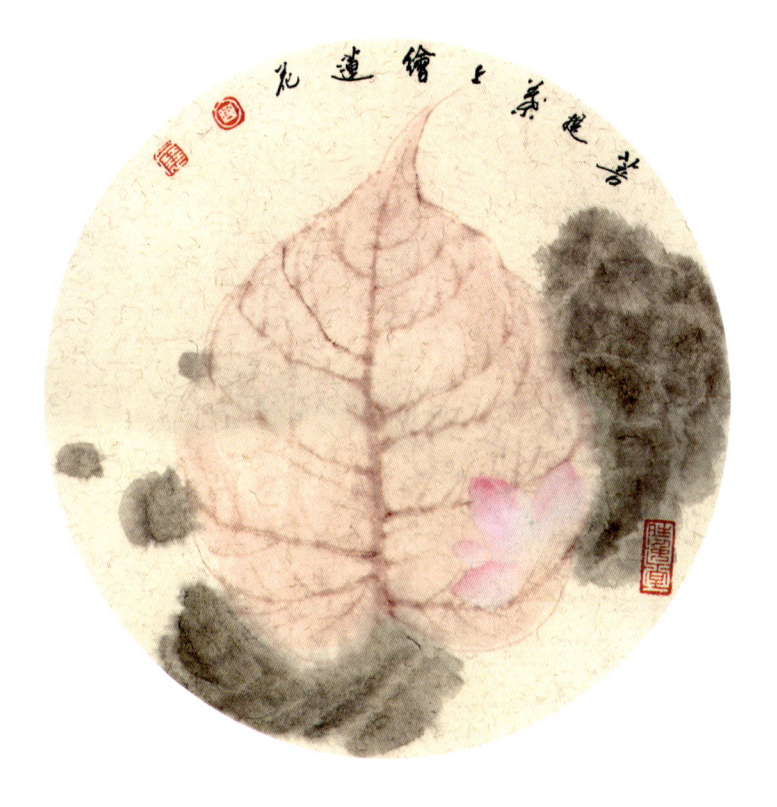

菩提叶上绘莲花

桂花

苹婆（频婆）

木槿

槟榔

白头翁

莞草

荔枝

鸡蛋果

萱草

水仙

石榴

芦苇

杜鹃

下辑

新木扶疏

莞草小札

莞草，是一种源远流长的植物，一度频见于古代的典籍文献、礼仪文化、生产生活中。它的身份，既乡野粗鄙，又庙堂尊贵；它的面目，既有独特之处，又颇混杂模糊；它的发展，既曾遍野蔓生、深入千家万户，又已萎缩寥落、几为人所不识——因之甚至带上了一点神秘色彩。莞草，还是笔者所在城市得名的起源，是东莞的传统标识、往昔的衣食所赖，有心为之撰记久矣。今逢其在本邑稍现"重生"之势、再度引发关注之时，谨以手头书籍所见资料，梳理缀拾两扎零碎文字，冀略见其翠影金颜。

上篇：古籍中的莞

作为植物的莞，今人或觉得冷僻，但其实，在大量古籍中，包括《诗经》《楚辞》《周礼》《礼记》《汉书》《尔雅》《说文解字》等等在各自领域具有创始性质的"元典"，都有莞的身影。

不过必须厘清的是，古书中的莞，包含了两大类植物：主流是水草，非主流是香草、药草。运用排除法，先简介不属于本文讨论对象的后者。

我国第一部浪漫主义诗歌总集和骚体类文章总集《楚辞》，有一篇《九叹》，其"愍命"章云："莞芎弃于泽洲兮。"东汉王逸《楚辞章句》注释说，莞、芎，"皆香草也。"潘富俊《楚辞植物图鉴》认为，这里的莞与《楚辞》其他篇章的芷、茝、药、蘺等，都指白芷，是《楚辞》中出现次数最多的一种香草。白芷是古代主要的香草植物，同时也是药用植物。因为屈原常以香草喻君子，所以莞（白芷）也就是道德高洁的君子的象征之一。（不过，南宋洪兴祖《楚辞补注》则引《尔雅》之说将此处的莞解作蒲，这个问题下面另谈。）

高明乾《植物古汉名图考》也释莞为白芷。该书另有莞草条，释为一种药用灌木植物茵芋。后一解释较为稀僻，出处是某种本草医书中的别名；另在其他本草书还可查到如紫莞（青莞）、女莞（白莞、织女莞）等药草，这些都不是普通所说的莞，可略而不论。

需要指出的是，《楚辞》包含战国屈原的《离骚》等赋，也包含后人仿作的同类作品，《九叹》就不是出自屈原，而是《楚辞》的编定者、西汉刘向所撰。在屈原本人所作的《渔父》篇，也出现了莞，不过并非指植物，却正好可借此说明莞字的另一含义："渔父莞尔而笑，鼓枻而去。"这个形容微笑状貌的"莞（wan）尔"，比"莞（guan）"更广为人知。

撇清旁枝之后，下面可以重点探寻莞的通行植物释义：一般古书中说的莞，主要指一种水草，及其编织制成的席子。这种莞草，在中华文明长河的水源处就已摇曳生长，且登堂入室占一席之地，其悠久历史和显赫地位，可验证于几种记录西周至春秋时期历史面貌、社会生活的重要经典著作。

我国最早的诗歌总集《诗经》，"小雅"的《斯干》篇云："下莞上簟，乃安斯寝。" 这是一篇筑室既成的颂祷之诗，写的是西周贵族在涧（即"干"）边建造宫室的情形，及里面的布置，其中卧室要下铺莞草编的席子、上铺竹席（簟），乃得安稳入睡。（也有说是君主于此铺席与群臣饮宴欢聚后再安寝，如东汉郑玄《毛诗笺》等。但总之，这描述的都是远古时代最好的生活条件了。）

我国第一部系统叙述国家机构设置、制度职能的专著《周礼》，其《宗伯》篇的《司几筵》章，记司几筵这个官职掌管的"五席"，包括莞席、蒲席等，是周代朝廷重要典礼必备之物，有"设莞筵纷纯"（筵，席也）、"加莞席纷纯"等记载。

另一部先秦礼仪制度著述《礼记》，《礼器》篇也有"莞簟之安"一说。

周代史书《逸周书》，《文传》篇记周文王曾谈到："树之竹、苇、莞、蒲。"

写周穆王传奇的《穆天子传》，卷二记其西巡所见："珠泽之薮方三十里，爰有萑、苇、莞、蒲……"另十六国王嘉的志怪小说《拾遗记》，写周穆王与西王母相会的陈设有"碧蒲之席、黄莞之荐"。

综上，莞是生长在湿地湖沼（"泽""薮"）的可编制席子的草。人们对莞的认识和应用，可追溯到距今三千年前的西周时期，即在华夏文明史的初始阶段就已形成了成熟的工艺，进入了人们的生活，特别是进入了朝廷皇宫的礼制、帝王贵族的家居。此后，以莞为席的传统仍时见于庙堂记录，如我国第一部纪传体断代史、东汉班固的《汉书·东方朔传》："孝文帝之时……以苇带剑，莞蒲为席。"

然而，这种莞究为何物？虽然普遍的意见是水草，但这主流意见中又有分流，具体是哪一种水草，有不同诠释，异说纷纭，犹如杂草混生。

我国第一部辞书、秦汉时期的《尔雅》，其《释草》篇载："莞，苻蓠。楚谓之莞蒲。"东晋郭璞注："今西方人呼蒲为莞蒲……今江东谓之苻蓠，西方亦为蒲，中茎为蒿，用之为席。"这种以蒲为莞的说法对后世影响不小，如前引洪兴祖《楚辞补注》；直到当代，胡奇光等《尔雅译注》仍将莞注译为蒲草，《辞源》亦然，孙机《汉代物质文化资料图说》也指"蒲席就是莞席"，他的新著《中国古代物质文化》仍持此说，并进而解释莞是香蒲科的香蒲、叶子适于编席。

但是，我国第一部字典、东汉许慎的《说文解字》，却把莞与苻蓠分开记载，在"蔽夫蓠也，从艹，晥声"后别出一条："莞，草也，可以作席。从艹，完声。"清代段玉裁《说文解字注》、郝懿行《尔雅义疏》遂因之认为，《说文解字》是纠正了郭璞《尔雅注》的莞蒲相混之误，对两者作了区分。其中郝懿行明确说："莞与蒲相似，茎圆而中空，可为席。……蒲与莞非一物……乃蒲之别种，细小于蒲……今江南席子草是矣。"

至于对《诗经》"下莞上簟"的解释，比《尔雅注》更早的毛亨传、郑玄笺《毛诗注疏》，含混地笺注为："莞，小蒲之席也。"这小蒲究竟是指蒲的其中一种，还是另一种植物，引来后人各种理解，但不管郑玄原意如何，很多名家都不同意莞是蒲或小蒲。

如唐代陆德明《经典释义·毛诗音义》（《毛诗注疏》之音释）云：莞"草丛生水中，茎圆，江南以为席，形似小蒲而实非也。"段玉裁《说文解字注》也说："郑（玄）谓之小蒲，实非蒲也。"

又如唐代孔颖达《五经正义》（《毛诗传疏》之疏）、清代牟应震《毛诗物名考》和徐鼎《毛诗名物图说》，都以上引的《周礼·司几筵》莞筵、蒲筵分载，以及在蒲席上"加莞席"的记载为旁证，认为《诗经》里的莞不是蒲，莞蒲有别，非"一物而二名"（牟）；二者有精粗之别，"为两种席也"（孔）；"席有两种，莞精于蒲"（徐）。

事实上，上引的《逸周书》《穆天子传》和《拾遗记》，也都是莞、蒲并列，显然远古不少人已分清了这两种植物。

由此顺带说说，视莞为蒲的人，在注释《诗经·斯干》"下莞上簟"时常指莞制的是粗席，所以放在下面；实际上莞细蒲粗，古代诸侯祭祀的座席，上面就使用较细的莞草席，底下则用较粗的香蒲叶铺垫加厚。（参见潘富俊《楚辞植物图鉴》对蒲的解释。）至于这莞席为何有时在下有时在上，东汉郑玄注、唐贾公彦疏《周礼注疏》在解释《司几筵》所载蒲席上"加莞席"时说，诸侯饮宴的筵席是"下莞上缫（蒲席）"的，而祭祀时相反，是"下蒲上莞"，原因在于蒲"不如莞清坚"，即不如莞方便就座，只是莞席"于鬼神宜，即于生人不宜"，所以有这样的用途区分。——这里明言了莞优于蒲之处，至于"生人不宜"，只是一种礼制迷信而已，事实上，莞席哪怕铺在下面，也仍是典礼和家居的安乐体现，元代陈澔《礼记集说》注"莞簟之安"，就说"下莞上簟，可谓安矣"。进而，因为《斯干》接下来有"乃生男子……载弄之璋"、"乃生女子……载弄之瓦"等句，还使"莞簟"成为生儿育女的吉祥象征，明代朱鼎《玉镜台记·成婚》即云："载弄之璋，载弄之瓦，早膺莞簟之祥。"

既然莞不是蒲，那它是什么植物呢？其实，始作俑者郭璞在《尔雅注》将莞与蒲联系起来之外，还在别处另提出一说，他对上引《穆天子传》的莞注释为："莞，葱蒲，或曰莞蒲，齐名耳，关西云莞，音丸。"

唐代颜师古对上引《汉书·东方朔传》"莞蒲为席"的注释也说："莞……今谓之葱蒲。"

清代王念孙《广雅疏证》引汉代《盐铁论》"大夫士蒲平单莞"后亦云："莞，又名葱蒲。"

段玉裁《说文解字注》也同意王念孙的葱蒲之说，并更细致地指出："莞之言管也，凡茎中空者曰管。莞即今席子草，细茎,圆而中空。"

段玉裁这条记载很有价值,其重要性一是席子草,他比前引郝懿行《尔雅义疏》还要更早提出此说,这一点下面另再详谈;二是关于莞字的读音,他对许慎、郭璞所记的wan声改训为guan声给出了解释:作为植物的莞读guan,是因为编席使用的是其茎管。(此前唐代殷敬顺《列子释文》已谓"莞音官",但未说明理由。)

蒲、小蒲、葱蒲等之外,清代陈奂《诗毛氏传疏》将"下莞上簟"的莞指为苇草;潘振的《周书解义》则将《逸周书》的莞注为:"苻蓠,小白蒲也。"

再此外,莞还与其他近似植物或关联名称含混纠缠,以致清代程瑶田《释草小记》专门有一篇《蓠·苻蓠·江蓠·莞·蔬·萑命名同异记》,不过,他似乎也没能将这笔糊涂账理得很清。

——这笔糊涂账,从一开始就主要有两派分立,如前所述,第一部辞书《尔雅》与第一部字典《说文解字》干起了架,郭璞在注释《尔雅》和《穆天子传》时,也自己跟自己干起了架,这场架一直干到当代最权威的工具书中,《辞源》说莞是蒲草,《辞海》则说是水葱、席子草。不过,吴厚炎的《〈诗经〉草木汇考》对此作了较好的梳理,书中专章《蒲与莞》,汇集了历来诸家对莞,特别是对《诗经》之莞的解释,综合分析后提出的主要意见有:其一,《尔雅》之莞与《诗经》之莞无涉。其二,《诗经》之莞,当为小蒲或葱蒲,但总之都不是蒲草。其三,郑玄说的小蒲,或即小香蒲;又或莎草科水毛花，俗称席草。其四，从郭璞到段玉裁等人说的葱蒲，或即为莎草科藨草属的水葱。他倾向于后者，"此大抵系《诗》所赋之莞"。

这也是当今较集中的意见。如潘富俊的《诗经植物图鉴》，直指莞为水葱，秋天采集其茎编草席或充当细绳捆绑物品，也作水塘观赏植物。不过他又谈到台湾有专制草席的大甲草，为性质相同的植物，此草即藨草，广布大江南北水边湖中，外形相似，但茎秆切面呈三角形，说："这可能是《诗经》及其他古籍所说的莞。"

陆文郁《诗草木今释》也说莞是莎草科的藨草，自东北至广东皆有，秋天采其茎编席，也可观赏和药用。

李儒泉《诗经名物新解》亦谓莞是俗名水葱的蒲草，茎可药用，有清凉、利尿之效。

至于植物学著作方面，贾祖璋等《中国植物图鉴》同样认为《诗经·斯干》的莞是水葱。

胡淼《诗经的科学解读》则将香蒲和水葱两种意见并置，介绍说：窄叶香蒲，香蒲科，分布全国大部分地区的池塘湖泊等浅水中，叶片细长，编为蒲席，即郑玄笺注的"小蒲"。水葱，莎草科，分布东北、华北、西北、西南、江南多地池泽浅水，茎秆粗壮，圆柱形，可编席，并引《尔雅》的另一种记载："苹，鼠莞。"郭璞注："亦莞属也，纤细似龙须，可以为席。"

而扬之水的《诗经名物新证》，见解比较独特，先是同意莞不是蒲："席分草席、竹席，草席又别作莞席与蒲席。莞与蒲分属莎草科和香蒲科。莞茎中空,蒲叶扁平,莞席,取莞之茎;蒲席,取蒲之叶。"然而接着又从另一角度认为"下莞上簟"的莞还是蒲:"但《诗》《礼》说到的莞席,莞并为之假借——乃蒲之别种,其叶纤弱,故又名蒲蒻,作席甚平,故又曰蒲苹,《斯干》郑笺所以释莞为小蒲之席。"

在这些纷陈说法中,段玉裁、郝懿行、吴厚炎提到的席子草、席草值得特别注意。查《辞海》,席草:莎草科蔗草属数种植物如蔗草、水毛花、水葱等的秆均可编席,通称席草。又蔗草:莎草科,秆三棱形,夏季开小花,各地均有分布,秆可编席,也可作造纸原料。又莞:莎草科,蔗草属,俗名水葱、席子草。

据湖南省农业厅《常见杂草图说》及上引相关书籍,从植物形态上来看这几种莞:蔗草的茎三棱(即其横切面三角形),高二十至九十厘米;水毛花也是三棱形,但稍为高一些,有五十至一百二十厘米;水葱茎则为圆柱形、管状,高一百至二百厘米。从高度上分析,水葱因为够长而最宜编席,确实应是古代主要的莞;而香蒲则确实最该排除,因为它只有三十至五十厘米高。再从茎的形状分析,郝懿行、陆德明、段玉裁等说莞为圆茎、中空,这几种席子草中也只有水葱符合。

不过我想,如果不纠葛于一定要具体实指,那么也许可参照席子草的定义演绎为:莞,是丛生、细长、可编席的水草的总称,泛指多种性状相近的植物,不同地域、不同年代可以有不同的莞。

下辑 新木扶疏

如此，则那些莎草科薕草属的席子草也仅是莞的其中一大类而已，尚有另一类后出的、现代我们说的莞草，还有待继续深入辨析……这留待下篇再谈吧，现在暂时放一放繁琐的考证，且欣赏一下莞在古典名家名著中的文学表现。

汉代张衡的《同声歌》有云："思为莞蒻席，在下蔽匡床。"蒻和莞一样，也是草制席子，匡床是方正之床。此句是妇人以莞自比对丈夫的依附与效力，由此引申为臣子对君主的效命之喻。

到两晋南北朝，陶渊明撰《闲情赋》也写到莞，但用来比喻男子。该赋表达对一位美人的爱慕追求，写下了十愿，包括希望能做她的衣领、衣带、鞋子、影子乃至化妆品等等，其中说："愿在莞而为席，安弱体于三秋。"这篇《闲情赋》曾引起争议，一些研究者认为像陶渊明那样淡泊出尘的文人，不该、不可能写下这般浪漫到了香艳的情爱文章。这是三家村学究的迂腐之见了，既"采菊东篱下"，又"刑天舞干戚"，还沉溺于与美人旖旎缠绵、卑贱到愿为美人身边的琐细物什，亦即既静穆又猛烈，且还有浓烈痴狂的爱恋情感甚至情色，这样的陶渊明才是有血有肉的完整真人。莞在此担当的角色，比在张衡那里要可爱得多。

再回到源头处的《诗经》，写"下莞上簟，乃安斯寝"的《斯干》篇，可以广义地理解为原始初民建好房子、安居乐业，所建的屋子高大巍峨、遮风挡雨，在其中休息、工作、生儿育女，于是"君子攸宁"了。（参见杨任之《诗经今译今注》）这房屋的选址,"体现了人与自然统一的思想。"（胡淼《诗经的科学解读》）至于所用的席子,"梦中世界与人间的荣耀,便都会合在唠唠寝室中的莞簟之上。"（扬之水《诗经名物新证》）

这使我想起叶秀山对海德格尔名言"人,诗意地栖居在大地上"的解释:栖居,就是建筑居所,居所使人与自然分隔又与自然息息相关,既保护了人又保护了自然,因为人在居所中就不受自然之扰,同时人在居所中又暂时不再向自然索取,不砍不伐。居所养成了人一种"不占有的劳作"的态度,人与自然互相自由自在。这便是诗意。——那么,《斯干》对居所和日后生活的描述,表现出来的淳朴喜悦,正可作为"人,诗意地栖居在大地上"的一个旁证。而莞,正是这场景的其中一个元素,使君子安寝休息、生活安宁（"可谓安矣"）,享其现世的安适荣耀,作其未来的酣畅好梦。

喜欢莞的这种"诗意"。

下篇：东莞的莞

莞草及其编制的席子曾那么重要和普遍,自然会进入地名。历史上,从西汉到南朝,今山东、江苏多地都出现过东莞县、东莞郡,《文心雕龙》的作者刘勰,原籍就是山东东莞莒县,而他世居的江苏京口（今镇江）,在南朝当时又称"南东莞"。不过,这些东莞最迟到隋朝后都改名了,取而代之的是在更南的广东出现并沿用至今的东莞。

岭南的这个东莞,于秦、汉时先后属南海、番禺、增城等郡县,三国吴时正式分出东官郡,这是因为该地位于珠江三角洲、濒临南海,出产优质的海盐,要专门设盐官来管理,乃得名。此后几经废改,其中,南朝梁天监六年(公元五〇七年)改名为东莞郡,唐至德二年(公元七五七年)正式以东莞之名立县。

山东、江苏的古代东莞得名具体来历未能详悉,至于粤地此邑,之所以先称东官后为东莞(中间曾用宝安之名),是因这里最著名的特产从海盐变成了草席。清代屈大均《广东新语》之《器语·席》载:"东莞人多以莞席为业,县因以名。县在广州之东,故曰东莞。"钱以垲《岭海见闻》之《东莞》记:"以其地产莞草,邑人多作莞席为业,故名。东莞者,以其在东也。"这两位都与东莞有不浅的因缘,他们的说法是有代表性的通行定论。

不过,这方面笔者所见到的最早的文献资料,出自明代卢祥《东莞县志》(后世称为《重刻卢中丞东莞旧志》《天顺东莞旧志》,是现存的第一部东莞县志),其《县名》所记有一个细微却关键的不同,云:"莞,草名,可以为席。邑在广州之东,海傍多产莞草,故名。"这条记载非常有价值,不仅在于其早,更在于它比后世的屈大均、钱以垲等人类似说法,多了"海傍"这一定语,这一点十分重要,下面另行专门谈到。

卢祥是东莞人(本篇提到的东莞,如无特别注明,都指广东的东莞),在修成《东莞志》的明代天顺年间,他官至都察院佥都御史、延绥（今陕西榆林前身）巡抚，因这职位当时的别称，后世称其为卢中丞。清代官修植物文献总汇《草木典》第一百八十四卷"杂花草部艺文二"，收入这位颇有声望的学者官员《莞草》诗三首，曰："菀彼莞草，其色芃芃。厥土之宜，南海之东。""菀彼莞草，芃芃其色。不蔓不枝，宜簟宜席。""宜簟宜席，资民之食。邑之攸名，实维伊昔。"这组诗概括写出了莞草的形态（其色芃芃，指茂密丛杂；不蔓不枝，指修长直上），产地（南海之东），用途（宜于编席）和价值（是能资民之食、养活民众的重要产业和东莞邑名的来源）。

以邑名起源计，东莞莞草编席至少可从南朝算起，历史悠久，"莞席从古就有名"（叶灵凤《花木虫鱼丛谈》其中一篇的题目）。这种城市身份一直延续到近现代，董桥《乡愁的理念》中《萝卜白菜的意识》一文，转述了关山月讲的一个故事，说是有东莞人卖席，顾客嫌席短，贩问："是给活人睡还是给死人睡？"客答："当然是活人。"贩曰："既是活人，难道不会蜷着身子睡？"这个故事说明了东莞人一向的灵活变通，让董桥由此省悟到对绘画、对传统的应取姿态；也说明东莞的草席享有盛名，以至提起席子就会联系到东莞人。

可是，莞草面目的混杂模糊，也延续至今，究竟哪一种水草才是莞草，仍然是个值得深入探究的问题，因为这是上篇所谈莎草科蔗草属数种席子草之外的旁生新枝。

在九月中旬莞草开花、即将成熟收割之时，探访本邑非物质文化遗产保护项目的莞草基地，实地亲验莞草的性状为：春种秋收，高挑直立，长可过人（即达两米甚至以上），叶着生于茎的基部，散射的黄褐色小花开在茎的顶部；尤其是经本邑农史专家、文史硕儒杨宝霖先生现场指点，可知其最重要的特点是：生长于沿海地区咸淡水交汇处，粗茎实心，三角柱状。故土名又作咸草、咸水草、三丫草、三角草等。——这是无法与古籍中哪一种莞的特征全部对上的。然则，其本名、真实身份是什么呢？

民国莞籍书画名家邓尔雅写过一组《东莞竹枝词》，有云："予亦闲情在莞愿，卉名先识芏夫王。"前句用陶渊明《闲情赋》典，后句就触及莞之"卉名"了，据《名人笔下的东莞》收入邓诗的注释：芏是草名，夫王是其别名，指莞草。

循"芏"而去，检索几种志书，可随着时间推移而逐渐清晰：

一九九五年版《东莞市志》有"水草"一节，云："水草又名咸水草、三角草。文献通称茳芏，属莎草（原书误作沙草）科宿根性草本植物。"又有"草织业"一节，记"东莞盛产水草（又名咸草、莞草）"。

东莞市林业科学研究所二〇〇八年编印的《东莞乡土植物》，则直接以莞草之名作条目，谓别名咸水草、三角草、茳芏，莎草科莎草属（即与席子草同科不同属），喜温好湿，耐碱性较强，产于珠江三角洲沿海。

中科院华南植物园编、二〇〇七年出版的《广东植物志·第八卷》所载茳芏，性状与上述莞草基本一致，但产地包括广东多地和海南、香港、台湾、福建、广西、四川，乃至外国的热带（即不限于珠三角沿海）。该书接着还有一段话说：过去一些学者认为我国所产的多为其变种短叶茳芏，但根据作者（该书莎草科的作者为黄淑美等）野外调查后认为，短叶茳芏与茳芏的区别并不明显，"是否分变种值得进一步研究，故本志暂不分"。

不过，同样由华南植物园专家邢福武等主编、二〇一〇年出版的《东莞植物志》，则已明确收入了短叶茳芏，并注明别名就是莞草，这可视为最新的权威意见。其所记性状、产地略同于《广东植物志》，即分布地区包括了非沿海地区的四川等。

——我倾向于认为，莞草是短叶茳芏的进一步变种，因在东莞海滨得咸水浇灌，衍生出的质量优良的品种。

按此，可以再理一理莞的源流：

其一，古代的莞，如上篇考述的，是水葱等莎草科藨草属多种席子草，其产地分布广泛，山东、江苏等多地以前的东莞，应该是因也曾出产这类莞及其所编席子而得名。这可称为"传统莞草"。

其二，当莞出现于西周至春秋的远古记载时，广东还未开发，因此传统莞草与现在的东莞无关。不过，至少从南朝起，东莞沿海一带出现了（或曰人们发现了）莎草科另一属、莎草属的短叶茳芏，也可作编织用，于是借用古名，也称之为"莞"（或曰因时人未细辨分别，误以为那就是传统莞草）。

其三，渐渐地，这种后出的莞草因其特别柔韧等特性，编制的席子品质更好，远胜其他地方的传统莞草，犹如新王上位般得以后来居上专享"莞"这个名目。北方的几个东莞后来地名变易，很可能就因其传统莞草所编席子不如广东东莞，被盖过风头，遂不能再以此闻名，惟有广东东莞的地名保留下来。

其四，广东东莞因这种后出的莞草得名，后来这地名的唯一性又反过来帮助这种新莞草取代传统莞草，坐实"正宗莞草"的地位。其他在古代也属于莞的水草，现在只称规范中名（水葱等）或俗名（席子草），而不再叫作莞了，这个古代的总称乃被东莞莞草独享。——植物与城市，就这样互相定义名字、交汇确立身份，奇妙地融而为一。

这种正宗莞草，除了茎三角形、实心的特点可与传统莞草区别外（上篇考出最符合古籍中的莞是水葱，圆茎中空。屈大均《广东新语》说莞草"中茎圆美"，是观察不细，或受古书所载水葱特征的影响而误记），最显著最独特的是在海边生长、需吸收海水盐分才长得好，故可又称为"咸水莞草"。

之所以强调这一点，因为即使经过上面的梳理，明确正宗莞草是不同于传统莞草（水葱等藨草属席子草）的品种，但莞草的问题仍然复杂，其面目混杂模糊，不仅在于在时间纵向上的古今名实变易，还在于在空间横向上。

首先，排除水葱等席子草，又排除东莞的咸水莞草，仍有不少其他可作编织用途的水草。仅以广东为例，屈大均、叶灵凤都谈到广宁、高明的龙须草所制席，高要、新会的通草所制席，也很出名。

其次，不但其他地区有可编席的水草，就算东莞当地，也有咸水莞草之外的其他水草可供同类用途。仅以《东莞植物志》所收的莎草科莎草属十一种这个范围，除了短叶茳芏，还有迭穗莎草、毛轴莎草也注明可编织草席。方惠珍等《追踪莞草》（收入东莞理工学院《区域城市文化研究》二〇〇九年第一期）就记述在东莞首先找到的是其他类似水草的困惑。

再次，其他地方也会出现"莞"，以及正宗莞草的本家短叶茳芏。清代邓文蔚纂《康熙新安县志》的《方产·草类》中就载有莞。不过，明代万历元年之前，东莞县所辖包括今天的东莞市、深圳市和香港，后来分出了新安，辖深圳和香港，所以当地有莞草也是正常的。但茳芏、短叶茳芏的分布就远不止于此，如《广东植物志·第八卷》《东莞植物志》所载的非沿海地区的四川等地。那些是不应视为正宗莞草的，因为它们不符合咸水莞草的生长条件。——所以我认为正宗莞草还不能单纯说是短叶茳芏，而是它在海滨的变种。

以上造成了其他类似水草与正宗莞草易被混为一谈。像官方修编的《广东省志·农业志》，有一节"蒲草、龙须草"，虽然将龙须草独立出去，但对其他编织用草就含混地用蒲草这个不严谨的名字统称，它记蒲草又称芏、咸草、三角草（即正宗莞草的别名），可却将非沿海地区、没有咸水的高要等多地种植的类似水草都算了进来一并介绍和统计。

周宏伟的《清代两广农业地理》注意到这个问题，说："清代珠江三角洲地区种植的水草不少，如莞草（茳芏）、龙须草（芏草）之类。水草有咸水草和淡水草两种，都是莎草科植物，莞草即是咸水草，龙须草则是淡水草。不过，由于咸淡二种水草都能用以织席打绳，因而史籍记载中名称多有混淆。"——虽然仍有不够精确之处，但却是学术论著中难得地能厘清这种混淆。

其实，让我们回到源头，现存最早的东莞县志、卢祥《东莞县志》关于东莞得名的那则记载，就已明确强调了莞草产于"海傍"，却为后人转述时省略这一定语，一定程度上助长了莞草问题的纷扰。正本清源，由此也可见这部虽只存残本的《天顺东莞旧志》之珍贵价值。

再到最新的即将出版的《东莞市农业志》，其"水草"一节的释名部分，与前引《东莞市志》相比，没有指出茳芏之名，仍用水草这样空泛的泛称，但却增加点明"盛产于东莞沿海地区"，确认了产地的独特性。

刘炳奎等撰《东莞草织业简史》（收入《广东文史资料》一九六四年十月第十五辑），同样以大而无当的水草一名概述（这大概影响了后来的《东莞市志》《东莞市农业志》），但具体论及了莞草为何需沿海生长。该文介绍：东莞草织业的蓬勃，与地理条件密切相关，因为水草繁殖在珠三角两岸，"每天都有两次潮汐的泛注，海潮不断灌输肥源"，遂使水草成为东莞的名产。（该文还记载了这种水草中有大穗红芽、石竹等多个品种，我认为这反映了短叶茳芏在海滨的进化变种已独成一类，里面可以细分亚种了。）

然则，其他地方、包括东莞域内非生于海傍的类似水草，如内地的短叶茳芏，《东莞植物志》所载同为莎草属的迭穗莎草、毛轴莎草，以及龙须草、通草等等（更不要说藨草属的传统莞草了），都因不是咸水莞草而不能称为正宗莞草。

那些类似水草不需要海水滋润也能作织席等编织用途，同样是当地的重要经济作物，但这正好说明东莞咸水莞草的独特性，是东莞的特产。当然，如上面提到的《康熙新安县志》所载，可知现在的深圳也存在咸水莞草；其他沿海城市亦然，如《东莞市农业志》转引的民国梁光商《东莞沙田农业考察报告》："咸水草闽浙两粤多植之，而以广东东莞者为最有名。"但外地者没有东莞这个城市名字依托，也是不好称为正宗莞草了。

——东莞，原名东官，如前所述，两个名称都来自特产。后出的莞草与海盐一样，都有赖于此地邻接南海的地理环境，则两个城市名字的来源是有着暗通的共同背景的。

就从这个生长环境的变化导致莞草的衰落，也可说明正宗莞草须是咸水莞草：

东莞地处东江下游，河网发达，淡水汇入南海，南海的咸潮也上涌涨至海边滩涂。这些遍布沿海的咸淡水混合滩涂，先是野生出耐碱性极强的莞草，后来围成水田作大规模人工种植。但解放后，为了广种水稻而推行"改咸归淡"，即在海边筑堤，将原来灌入的海水拦截排隔在外，而另行引入淡水浇灌水田。于是水稻面积是扩大了，需要咸水的莞草却因这种改天换地的引淡驱咸，失去了生存的土壤，就算还保留在这种田里的莞草，种出来也没有了原来的韧性等特质，影响了草织品的质量，恶性循环，反过来又打击了莞草行业。

莞草的没落，当然不止改咸归淡一个因素，近百年来，战争、动乱，国际市场的变化，国内政治活动对生产的冲击，多次农业生产结构的调整，塑料等新兴材料广泛使用而取代水草编织品，产业的转型，工业化带来的污染，城市化带来的土地过度开发……各种外力轮番而来与叠加合力，挤压了莞草行业的空间，虽然中间经过浮沉起伏，但最终令莞草在其成名之地萎谢。在此，不妨简要回顾一下其盛衰史的一些关键节点资料。

据说，最早莞草编织品贸易在南朝宋文帝时期，是东莞最早的外贸活动。不过，如刘炳奎等《东莞草织业简史》指出的，现代经济意义的东莞草织业之真正兴起，是在鸦片战争后（一八四〇年开始的第一次鸦片战争，缘起地和主战场之一恰是在东莞），外国资本的进入和外销渠道的打开，促使人工水草大规模种植。

这可以一诗一史来作佐证。十九世纪莞籍文人官员邓蓉镜（邓尔雅之父）也写过《东莞竹枝词》，有记："滨海家家织席忙，年来获利倍寻常。"并自注："近来莞席推销外洋，获利颇多。"民国莞籍大儒陈伯陶编《东莞县志》载："莞席近销行外洋，靖康濒海诸乡种植愈伙，制作愈工，每一席庄用男妇百数十人，获利甚巨，实出产一大宗。"注意这两则资料都点明沿海，以及后者所记的"席庄"，即已有了成熟企业化运作的草织业作坊。

《东莞草织业简史》详细记载了清末和民国东莞草织业的盛况，企业林立，名匠辈出，创造了多种工艺技术、产品牌子，享誉欧美南洋，外销各大洲众多国家，非常红火。这篇长文有大量第一手资料，其中，草织品产销的最高峰出现在一九一〇至一九一四年，东莞的草田面积为二万六千亩，年产量约三十五万担，草席的输出约十八万包（这还不包括其他草织制品）。从业人员方面，一九一九至一九二三年间，加工者约二万二千人，草农有九万人，合起来占全县人口一成以上。一九二七年的草织业营业额有二百五十万元。到该文写作的二十世纪六十年代初期，种植面积仍有二万至二万四千亩，年产量二万至三万五千担，每担价格约十元。虽然面积与最高峰时接近，但产量却在十分一以下（为何如此，未详），却仍可让作者得出这样的结论："东莞草织业是全县最重要的一个行业……是地方经济的轴心，和许多行业血脉相连……草织业的荣枯，关系到（六十年代初）几十万人口的直接或间接的生活。"

莞籍著名农业教育家、我国土壤科学奠基人之一邓植仪等人的《东莞县土壤调查报告书》（收入二〇〇六年版《邓植仪文选》）也有类似表述："本县农产，除稻米与蔗糖外，当推席草为大宗。"但这份二十世纪三十年代初进行的调查所记面积、产量超出上文说的最高值：面积约三万八千亩，每年可产三十八万担，约值一百五十万元。又据邓慕尧《草织——虎门近代外贸的领军商品》（收入二〇〇八年版《东莞历史文化论集》）转引回忆材料，二十世纪三十年代，东莞仅虎门一地的草耕面积就达三万多亩，厚街等地草田则有一万二千亩。

《广东省志·农业志》虽然将莞草与其他地方类似水草混称为蒲草，但资料时间恰好上承《东莞草织业简史》，记录了那之后的情况：一九六六年是解放后的最高生产水平，东莞的种植面积是二万七千亩；一九六四年有三间较大规模草织厂，职工一千九百八十余人，还有分散城乡从事草织业生产的二三万人。一九八七年面积跌到一万二千亩，但一九八〇至一九八五年东莞平均每年出口草织品创汇达到五百七十三万多美元。（《东莞市志》也有相关记载，并仍指出这是"本县一个重要行业"。）

《东莞市农业志》在《广东省志·农业志》和《东莞市志》的基础上，收集了更多具体数字资料，并将时间继续延伸。其中，一九六五年的种植面积二万五千多亩，虽排在一九六六年之后，但产量接近一万八千吨，一九四九年以来最高记录。出口量方面，六十年代平均每年出口草席十五万多张、水草三千一百余吨；经过七十年代的下跌，八十年代又上升为平均每年出口草席三十四万多张、水草一千四百三十多吨。草织品出口创汇最高的是一九八二年，为七百零九万多美元。而"至二十世纪九十年代，水草（莞草）几无种植。"面积连年跌至万亩以下，最后记录的是一九八三年，只有三千亩、产量不足二千吨，为历史最低水平。

在那之后，连最低水平都不存在了，因为整个产业已直接消失。一九九五年出版的《东莞市志》提到这一困境，指有企业引进先进设备，"给传统产品注入新的血液，草织业又创出了新路"。然而，这不过是为垂危者输血造就回光返照而已。我记忆中，最后一间草织厂就是二十世纪九十年代初倒闭的。

曾经的传统著名产品和重要支柱行业，就此湮灭。

回忆上溯到童年，在莞草种植、生产、使用仍很普遍的二十世纪七十年代，小小年纪的我也是广大莞草手工业者中的一个——莞草在秋天成熟后收割，因其茎高而柔韧，不易折断，人们将其破开两半，晒干，染色，再编制为草席及各种草织用品。我当时寄居农村，经常为保姆打下手编草绳，平生第一次赚的钱就来自于此：善良的老保姆见我编得辛苦，给了我两角钱，我用来买了一本连环图……历历在目。

这是个人记忆，应该也是一个年代的集体记忆。从上文对莞草没落因素和过程的归纳可见，莞草的百年兴衰，折射反映的是这个城市的世纪变化、近现代的历史变迁与社会进程。如此，莞草这个本邑的往昔标志物，现在可说是一份乡愁了。

然而，方惠珍等撰《追踪莞草》有一个观点很好，他们采访曾经的"草民"，发现底层农民虽然怀念莞草岁月，却并无某些文人自作多情渲染的感伤，因而反对就此问题过度感性。确实如此，时代总要前行，人事必有代谢，生灭皆为自然，无谓过多惆怅，更无须妄想挽回从前的辉煌，只作为一个人文符号去保护和传承，就已够了。

比如，完善、提升非物质文化遗产保护项目莞草基地，结合文化与绿化、农业与旅游等元素进行适量的原生态自然种植，抢救、保存老"草民"的手艺，发掘、扩充相关展示，让下一代认识曾是这个城市之缘起的莞草，知晓此身所在之地的来龙去脉前世今生，使这一份血脉通过认知得以流传……所谓"重生"，不过如此：面对岁月的残余，欢喜相认，珍重相待,留住一份念想。

就像我当此莞草成熟时节,爬梳一堆书籍资料,犹如破草工序一样作些"剖析",印证莞草从翠绿清秀到晒干后金黄的翠影金颜,无非只为对生长于斯的乡土、对自己有幸的童年经历,作一点纸上的致意。

最后,再引述清代曾任东莞知县的钱以垲《岭海见闻》一则别致记载。他谈东莞得名的由来,除了前引"产莞草而在东"的通行说法外,最后还提到《礼记·礼器》的"莞簟之安",指"言其精细可以安人也。"因此,他认为此邑改曾用名宝安为东莞,"亦欲使其人安如枕席云尔。"——这意思很值得玩味:安宁、安定、安适、安稳、平安等等,不必依托于高贵而冷冰冰的"宝",而应源自家常但活生生的莞草。这一命名,注定了东莞的城市气质(务实、低调,注重生命力,在身边的平常事物中找寻意义、并以之安身立命),也寄寓了一层祝祷安好的深意。

但愿,这种前贤的心意能延续下去,让后人从中获得启发和祝福。则虽然不再安寝于莞席,也可与莞草在沧海草田的历史潮汐中彼此相安。

2014年9月中旬起笔,10月中旬完稿,12月下旬修订。

《毛诗注疏》,[汉]毛亨传,[汉]郑玄笺,[唐]孔颖达疏,

[唐]陆德明音释，朱杰人等整理。上海古籍出版社，2013年12月一版。

《毛诗物名考》，[清]牟应震撰。《续修四库全书》清版复印本。

《毛诗名物图说》，[清]徐鼎纂辑，王承略点校解说。清华大学出版社，2006年1月一版。

《诗草木今释》，陆文郁编著。天津人民出版社，1957年12月一版。

《诗经名物新解》，李儒泉著。岳麓书社，2000年6月一版。

《诗经名物新证》，扬之水著。北京古籍出版社，2000年2月一版。

《楚辞补注》，[宋]洪兴祖补注，卞岐整理。凤凰出版社，2007年1月一版。

《周礼注疏》，[汉]郑玄注，[唐]贾公彦疏，彭林整理。上海古籍出版社，2010年10月一版。

《礼记集说》，[元]陈澔注。中华书局，1994年6月一版。

《逸周书汇校集注》（修订本），黄怀信等撰。上海古籍出版社，2007年3月一版、2011年4月三印。

《穆天子传》，[晋]郭璞注，[清]洪颐煊校，张耒点校。岳麓书社，1992年12月一版（与《山海经》合印）。

《尔雅译注》，胡奇光等撰。上海古籍出版社，2004年7月新一版、2013年7月十一印。

《说文解字注》，[汉]许慎撰，[清]段玉裁注。上海古籍出版社，1981年10月一版、1988年2月二版、2014年5月二十三印。

《中国古代物质文化》，孙机著。中华书局，2014年7月一版。

《植物古汉名图考》，高明乾主编。大象出版社，2006年6月一版。

《释草小记》，[清]程瑶田著。《续修四库全书》清版复印本。

《常见杂草图说》，王绍卿主编。湖南省农业厅科技教育与质量标准处，上世纪九十年代内部出版。

《天顺东莞旧志》，[明]卢祥纂，与邓文蔚纂《康熙新安县志》等一并收入《深圳旧志三种》，张一兵校点。海天出版社，2006年5月一版。

《岭海见闻》，[清]钱以垲撰。上海图书馆藏康熙刻本复印本。/程明点校本，广东高等教育出版社，1992年5月一版（与《黎歧纪闻》合印）。

《东莞乡土植物》，东莞市林业科学研究所编印，2008年内部出版。

《东莞植物志》，邢福武等主编。华中科技大学出版社，2010年6月一版。

《东莞草织业简史》，刘炳奎等撰，收入《广东文史资料》第十五辑。政协广东省委文史资料研究委员会编印，1964年10月出版。

《东莞市农业志》，本书编纂委员会（东莞市农业局）编。广东人民出版社，2014年12月一版。

《广东植物志·第八卷》，中科院华南植物园编、吴德邻主编。广东科技出版社，2007年10月一版。

《广东省志·农业志》，广东省地方史志编委会编、欧阳坦主编。广东人民出版社，2002年4月一版。

《清代两广农业地理》，周宏伟著。湖南教育出版社，1998年4月一版。

《草木典》，[清]蒋廷锡等编，上海文艺出版社，1999年11月影印一版。

《花木虫鱼丛谈》，叶灵凤著。香港南粤出版社，1989年6月一版。

莞荔史料小录

荔枝是我国特有的果树，而岭南是荔枝的故乡和栽培发源地。荔枝"初惟出岭南"（《图经本草》），最先见于典籍记载、最早进入中原的，都是岭南荔枝：据《西京杂记》《三辅黄图》等记述，公元前二世纪的西汉初年，占据广东建立南越国的赵佗曾给汉高祖进贡过荔枝，后来汉武帝攻灭南越，在长安的上林苑建了一个扶荔宫，专门栽种从广东移植过去的荔枝等奇果异木。司马相如《上林赋》因此首次记载了荔枝之名（当时称"离支"）——这是距今二千一百多年前的事了。

从东汉起，广东的荔枝栽培已较普遍，成为朝廷赠送给外国使臣的礼物。唐代，广东荔枝是供宫廷享用的贡品，所谓"一骑红尘妃子笑"，杨贵妃品尝的，就是岭南荔枝。宋代，更因苏东坡"日啖荔枝三百颗，不辞长作岭南人"而令广东荔枝脍炙人口。到元代，东莞荔枝开始明确见载于文献（《元一统志》）。明、清两代，岭南荔枝鼎盛一时，名品多，产量丰，迎来了大发展时期，而莞荔也在此时崭露头角，并以质量优良呈后来居上之势。

在东莞老县城之北（现为市区一部分），曾有东湖，明初以前，这里已遍植荔枝。十五至十六世纪明代东莞进士钟渤有诗记此地："红棉为云翠作山，球林珠树异人间。"球、珠，是对荔枝果实的比喻。附近还有专门的园圃名为荔庄，十五世纪东莞学正利仁写诗咏之，称那里的荔枝"香胜幽兰甜似蜜"。到清代，十八世纪初东莞知县钱以垲之父游东湖，留下了"丹荔如浓云"的盛况记录。十八世纪末东莞诗人陈锡祺也写过东湖荔枝："湾前湾后总离离，一片红霞绕短篱。隔岸绿荷风乍起，蝉声催雨湿胭脂。"诗颇佳，尤其最后一句，将成熟时如红霞般的荔枝进而比作美人脸上的胭脂，又以蝉鸣仿佛催生了雨水的奇妙想象，活画出一幅夏季雨天荔枝树的鲜丽图景，既灵动又恬静，可想见当时情景诗之美。

明代还有外地人写到莞荔，如十六世纪福建人、官至刑部侍郎的郑世威在《长乐胜画荔枝歌》一诗中提到东莞。特别值得一提的是，十六至十七世纪福建荔枝专家徐𤊹在《客惠纪闻》中有一段记载："惠州荔枝，味酸，树亦甚少。……至东莞，渐多渐佳。"苏轼"日啖荔枝三百颗"的背景是惠州，但从这则专家亲身体验可见，至迟到晚明，东莞荔枝在产量质量上都超过一度是岭南荔枝代表的惠州了。徐𤊹的这段纪闻，经明代17世纪初邓道协《荔枝谱》、清代十九世纪初吴应逵《岭南荔枝谱》（这是现存唯一的广东荔枝古籍专著）等转载，使莞荔的名声更流传广远。

清初十七世纪著名诗人屈大均，是对广东地方资料作了卓著的收集整理的大学者，他多次记述过莞荔。在其百科全书式的《广东新语》中,"木语"的《荔枝》篇,介绍了东莞等地的荔枝被商人作为"正货",与其他岭南奇珍异货一起贩运北上的情形。另"地语"有一篇《茶园》,先记"岭南香园,以茶园为大……人多以种香为业。"然后记石龙,"其地千树荔",还有其他种种水果,最后如此总结:"故曰,岭南之俗,食香衣果。"——莞香和荔枝,可令人们衣食丰足。这是将东莞的两种特产,作为整个岭南农业时代富饶生活的象征了。又"舟语"中的《龙船》篇,附带写到东莞彭峡之西(茶山南社一带),"荔枝林郁蓊蔽日。……舟贩酥醪(奶酒)花果之属者,交错水上,称水市焉"。杨宝霖先生指出:"这是一幅生动的荔枝水市图,富有特色,为他处所无。"十九世纪清代文人谭莹撰《岭南荔枝词》,其中一首引了屈大均这则记载,赋诗云:"峡下人停水市舟,丹林蓊郁隔山楼。谁家占尽园亭美,不羡人封万户侯。"

屈大均其他诗文写到莞荔,有他移家东莞后、妻子去世的祭文中,记他选了"荔枝之最珍者"作为祭品,当中包括"东莞之黑叶、小华山";有他亲眼所见的东湖:"更有荔枝千万树,离离朱实含霞鲜";又有一首《荔枝酒》,其中写道:"讵减新塘餐挂绿,何殊莞水饫凝脂。"意思是荔枝制成酒的风味,不会次于在新塘和东莞吃的新鲜荔枝。这从侧面可见,当时莞荔已名闻遐迩,成为行业顶级衡量标准和最高品质者之一。

再来看看本土名人笔下的荔枝。晚清十九世纪岭南著名道士、东莞人陈铭珪，著有诗集《荔庄诗存》。他因宋代郑熊《广中荔支谱》已佚失（这是我国第一部荔枝专著，所记的就是广东荔枝）、只留下了二十二种荔枝名，遂"各追咏以诗"，用诗歌的猜想来介绍那些品种。其中有一首，写荔枝红透时，山峦就像火烧一样壮观，"层峦如烧布炎荒"；同时又写荔枝就是这样炎夏中的清凉剂，"朱明丹饵本清凉"，由此隐喻道教修炼可解世俗人热中名利之病。——诗写得有点绕，但却反映了荔枝皮壳如火红热、果肉晶莹清凉，集外表与内涵两种相反特性于一体的奇妙。

这份盛夏清凉，一直传递至今。到当代，莞荔更得到了来自科学界的认定，因本文主旨是介绍历史资料，现代这方面的内容只选一条：集合全国多省各方面专家教授力量合作而成的《中国果树志·荔枝卷》，明确指出东莞是"全省（广东）、全国最著名的荔枝产区"。

最后要说明的是，本文主要是从杨宝霖《"霞树珠林今若何，岭南从古荔枝多"——广东荔枝小史》等专文（收入《自力斋文史农史论文选集》，叶静渊主编《中国农学遗产选集·常绿果树（上编）》）中的历代各种古籍荔枝资料汇编，以及《历代荔枝谱校注》《历代荔枝诗词选》《中国果树志·荔枝卷》等专著中，选录部分诗文史料进行整理，特别是从杨宝霖先生的大作获益不少，谨此鸣谢；但相信莞荔的色香，还保存于其他大量古代方志、笔记、诗文里，因时间精力和条件所限，未克扩大范围搜集，尚祈有心人继续发掘，从传承历史的角度,更好地展示莞荔味如兰蜜、色似脂霞、可抵万户侯的风采。

2014年5月中旬,为"东莞,给荔中国"而撰。

《自力斋文史农史论文选集》,杨宝霖著。广东高等教育出版社,1993年10月一版。

《中国农学遗产选集·常绿果树(上编)》,叶静渊主编。农业出版社,1991年5月一版。

《历代荔枝谱校注》,彭世奖校注。中国农业出版社,2008年5月一版。

《历代荔枝诗词选》,王一洲等选注。广东旅游出版社,1987年6月一版。

《中国果树志·荔枝卷》,吴淑娴主编。中国林业出版社,1998年2月一版。

《岭南荔枝谱》与莞荔

清明时节,朋友介绍去看一本古书《岭南荔枝谱》。虽然手头已有此书的当代排印本,但正好见到其卷三"节候"的第一条是:"清明宜种荔枝龙眼。"以时日相合而心喜,遂乘兴高价买下。

当然,该书本身就极具价值:这是唯一仅存的专述广东荔枝的古籍,有非常珍贵的文献意义。作者吴应逵自序云:"荔枝作谱,始于君谟。后有继者,要皆闽人自夸乡土,未为定论。岭南旧有《增江荔枝谱》,著录《文献通考》,其书不传。"指出从宋代蔡襄(字君谟)以来,历代《荔枝谱》多属福建人著作,自不免夸赞他们乡土的荔枝;岭南作为荔枝的故乡和重要产地,却没有这方面专著流传下来。这位清代中后期广东鹤山举人吴应逵,为给乡邦荔枝张目,广搜资料、整理汇编,"事属闽、蜀者,概从阙如",专门收集关于广东的记载,共得二百余条,分"总论""种植""节候""品类""杂事"五部分六卷,成书于道光丙戌年(一八二六年)。

书后有同年南海谭莹(他是本书覆校者)的跋,赞"其分门也当,其纪事也详"。又有道光庚戌年(一八五〇年)南海伍崇曜跋,介绍他从吴应逵的家人处取得书稿,经过重新编次校对,为之印行。这就是我购得的此书最早版本,道光三十年(即一八五〇年)伍氏粤雅堂刊印的"岭南遗书"本。全书线装一册,版框四周单边,半叶十一行二十二字,版心双鱼尾,有象鼻,黑口。宋体字端方硬朗,古拙可人;"荔枝"均作古体写法"荔支"。(据此亲见的初版本,可纠正日本天野元之助《中国古农书考》关于作者序年份、王毓瑚《中国农学书录》关于卷数的记载讹误。)

对此书的评介,彭世奖《历代荔枝谱校注》的题解云:"本书的特点是以编引历代荔枝文献为主",也夹注少量作者自己的意见,是"现存唯一的广东荔枝谱"。《中国农业百科全书·农业历史卷》有杨宝霖撰《岭南荔枝谱》条,谓全书"引书九十四种,资料繁富,可以说是清代中叶广东荔枝资料的汇编。所引资料均注出处,态度颇为严谨。唯所引文献多有删节"。

得书之后,恰逢东莞荔枝获得国家农产品地理标志;《岭南荔枝谱》中有些莞荔的记载,特辑出以贺之。

最有价值的,是卷四"品类"的一条,引自徐𤊹《客惠纪闻》:"惠州荔枝味酸,树亦甚少,至东莞渐多渐佳。"这话虽短,却是对莞荔的重要评价,因为苏轼的"日啖荔枝三百颗,不辞长作岭南人",可谓历来荔枝吟咏中影响最大的名诗、广东荔枝最响亮的招牌,而该诗的写作背景是惠州;但在徐𤊹眼中,惠州荔枝其实不如东莞。徐是明代后期人,也写过详尽的《荔枝谱》，由他以亲身体验的"纪闻"来对比品评，很具权威性，反映出莞荔产量质量之优胜，历史地位之高超。

同样出自卷四，所记述的广东荔枝八十多个品种中，有引自清初陈鼎《荔枝谱》的两种：

> 公孙，产东莞，每蒂一大一小，土人呼为公领孙，皮薄、核小、肉厚。
>
> 万里碧，产东莞戴家园，皮色碧如中秋雨后天，与叶色不同。味甘香，肉润滑，成熟皮色不变。

二者一形态独特，一皮色清雅，加上肉质佳味道美，成了当时莞荔的名品。"公孙"，每个蒂上都有一大一小两颗，仿佛爷爷领着孙子，那模样应该很萌；"万里碧"，"碧如中秋雨后天"，这名字和描写真美，让人遥想那种颜色的诗意。可惜这么有特色的品种，现在已没有了，托人询问老果农，并查阅吴淑娴主编的《中国果树志·荔枝卷》、广东省农科院主编的《广东荔枝志》，均无迹可寻。

关于莞荔的流通交易盛况，本书有两则具体的描写，都引自清初屈大均《广东新语》。

卷一"总论"的一条云："南海、东莞多水枝，增城多山枝。每岁估人鬻者，水枝七之，山枝三四之。载以栲箱，束以黄白藤，与诸瑰货向台关而北、腊岭而西北者，舟舶弗绝也。……广人多衣食荔枝、龙眼，其为栲箱者、打包者各数百家，舟子车夫皆以荔枝、龙眼赡口。"

清代广东荔枝的商业贸易，以南海、东莞所产的水枝为主（占了十分之七），是运往北方销售（"鬻"）的珍奇特产（"瑰货"），成了当时粤人的经济支柱、衣食所赖，连运输业和包装业都有成熟的、大规模的产业链。

关于"水枝"、"山枝"，是以前民间对荔枝的分类，近水种植、夏至前成熟的统称水枝，靠山种植、夏至后成熟的统称山枝。但其实东莞也有很多山枝，如桂味、糯米糍等著名品种。

卷六"杂事（下）"的一条记："东莞峡山西（彭峡之西）多居人，荔枝林郁翳蔽日，有高楼二十余座。下（舟）贩酥醪花果之属者，交错水上，称水市焉。"

炎炎夏日，荔枝林荫河风凉，交错的舟船卖着荔枝也卖奶酒（"酥醪"），这种如画美景、消夏享受，是东莞特有的乡土风情（杨宝霖《广东荔枝小史》称此"水市"为"他处所无"）。

这则记载所指的茶山，当地资料印证确有类似的水上"果市"：从前每年的端午节前后，每天清早，农民用船运载荔枝到固定地点与果贩交易，非常热闹，日日如是，直到整个荔枝季节结束；又确有类似的风习传统：旧时当地村庄多在沿河筑起养鱼、种禾的基围，塘基围垦上必种荔枝，成熟时绿叶红果，霞光映水，二三好友，一叶扁舟，泊于树下清谈啖荔，其美不可形容，其乐不知人间烦恼（《茶山果市与荔枝种植》，载《耕读》二〇一五年夏季号）。

最后，《岭南荔枝谱》还有一则并非直接的莞荔史料、但有点关联的趣怪故事，是出自卷五"杂事（上）"、引自唐人苏鹗《杜阳杂编》的："罗浮先生轩辕集，年过数百而颜色不老。宣宗召入内庭，因语京师无豆蔻、荔枝花；俄顷进二花，皆连枝叶各数百，鲜明芳洁，如才摘下。"

这位居于罗浮山修炼的唐代道士轩辕集，有说祖籍河南生于陕西，但彭世奖《历代荔枝谱校注》、李君明《东莞文人年表》都记为东莞人（后者并引相关文献为证）。据说他长生不老、身怀奇术，唐宣宗召见他问道，他展示了多番神迹，以上是其中一种。"豆蔻、荔枝花"，彭世奖指出按照《广群芳谱》的引文，应为"豆蔻花及荔枝"，我认为是合理的（本文其他地方也多参考彭氏这本《历代荔枝谱校注》），即：

皇帝说起京师长安没有豆蔻花和荔枝，轩辕集随即就变出二者进奉，明明是万里之外的南方植物，但那大簇枝叶数百花果，却新鲜芳香，像刚摘下一样，丰盛喜人。

虽然是神怪不经的幻术传说，但那画面倒可引发有意思的古今联想。

其一，"今"的方面，近年互联网农业兴起，电商平台的网售莞荔渐成气候，从前北方难以尝鲜的荔枝，已能那样"俄顷"送达，让莞荔的美色美味广布四方，为更多外地人领略。

其二，"古"的方面，探究莞荔的历史记述，就像从往昔的枝头摘下一些源头处的荔枝，虽是琐碎陈迹，却栩栩如生，供更多当代人回味。

——莞荔便如此穿越时空，始终"鲜明芳洁"。

2017年5月中旬

《中国农学书录》，王毓瑚编著。农业出版社，1964年9月初版。

《中国农业百科全书·农业历史卷》，游修龄主编。农业出版社，1995年12月一版。

《广东荔枝志》，广东省农业科学院主编。广东省科学技术出版社，1978年2月一版。

鸡蛋果的前世今生

阳台上新栽的鸡蛋果,已攀缠出初成规模的藤叶,绿荫重生,珊珊喜人——说"重生",因为这种紫果西番莲,是我多年来第三次栽植了。

前两次奇花异果、书窗绿意的欢心相伴,让我分别留下一篇长长的"草木书话",和一段短短的"闲花附记"。

如今还再有兴致为之整理些文字,一来,今年是鸡年,写过鸡蛋花之后也该写写鸡蛋果,以作年度植物的凑趣。二来,近年鸡蛋果在本邑广泛种植,从过往的自家私下观赏,变成流行的新型农业经济作物,已身为农人的我也当再作介绍。三来,我最早留意西番莲、对其文献的大规模查证、对其名实的追源溯流,以及撰写《西番莲的前世今生》,恰好都发生在以往的盛夏;今又逢酷暑时节,再把玩一下这片绿荫来添点纸上清凉,也很相宜。

就在当初繁琐考证的基础上作增删修改,以新得的材料补充订正、调整重撰,不负与它的第三度相对。

前世：虚虚实实，蔓生纠缠

谈鸡蛋果要先从西番莲说起。在一般场合，这两者可混称，但严格来说，西番莲是与鸡蛋果同科属的姐妹花，又是该科属的总名，即西番莲科西番莲属。它原产于南美，是蔓生藤本攀援植物，枝蔓上有卷须，供缠绕生长；花朵奇艳，整体如莲，花冠外围多密集的花丝（外副花冠），花药（雄蕊花柱顶端呈囊状的部分）能转动，故又名转心莲；果实气味芳香，营养丰富，在美洲古老传说中是亚当夏娃所吃的神秘果。此科属植物如今在农事上和生活中的用途，主要就是取其中的鸡蛋果——即紫果西番莲，又名百香果——来冲制果汁。但十六世纪被西方人发现时，首先关注的是其花，因为花型的独特，有如十字架等，遂神化为耶稣受难的象征；后来还因圆形花盘中的雄蕊雌蕊上下交叠，酷似钟表上转动的时针分针，可供玩赏，被称为时钟花、时计果。

然而在七世纪，此花就已现身于中国古典艺术了，只不过不是作为实物，而是以西番莲这个名称露面的纹饰图案。这种带有异域色彩、热带风情乃至时尚气息（因其饮品的近年风行而为人所知）的植物，原来很早就应用于古代高贵典雅的庙堂名物中，但却是先有其名、后有其物的虚构前身，这种身世来历之奇特不下于其花果的独特。

它属于"想象出来的花卉"。毛延亨的《古代建筑雕刻纹饰——草木花卉》介绍："宝相花，亦称西番莲，很美，它富丽华贵，装饰性强，经常用在庄严性的建筑或佛教装饰。这种花在自然界中找不到,是人为构成的花,集荷花、牡丹的基本形,又对花瓣作加工变化,添加其他花卉做花蕊,卷曲的花瓣根部作圆珠规则排列,使花变得珠光宝气。"

它又是文化交流的产物。张晓霞的《天赐荣华——中国古代植物装饰纹样发展史》,就重在从隋唐融合外来文明、特别是佛教影响下,"植物纹样的兼收并蓄与新创"这个大背景,来介绍宝相花变化自不同花朵、"集众美于一体"的"模式化的花卉图形"。源起于隋代莫高窟,到唐初基本成型并盛行。该书并解释:"'宝相'是佛教徒对佛像的尊称,因为宝相花的原型之一为佛教的圣花——莲花,因此,宝相花也被看作是有宗教色彩的吉祥花形。"(另外我猜测,西番莲之名,也是表示西来文化。)

流传到明清,宝相花、西番莲的纹样在器物中仍频繁出现。扬之水《终朝采蓝——古名物寻微》的《一花一世界》,介绍明永乐青花双耳扁瓶、清康熙紫地珐琅彩西番莲纹瓶等珍品,都有西番莲这种"早已本土化了的吉祥图案"。

与此同时,一方面,作为观赏植物的西番莲在明清引入后广泛栽种(中科院《中国植物志·第一卷》);另一方面,人们亦将宝相花、西番莲这两个本属虚构的名称,赋予现实的植物。

这里先谈后一个问题,宝相花、西番莲的因名生物;而且,原本在纹饰中这二名是同一物,却衍生成对两种植物的命名。最好的例子是明末清初张岱《陶庵梦忆》的《梅花书屋》,所记书屋外园子的种植,恰好同时出现了这两种花:"傍梅根种西番莲,缠绕如缨络。窗外竹棚,密宝襄盖之。"

栾保群注《陶庵梦忆》，于此没有注西番莲，但注了宝襄，谓"即宝相花，为蔷薇花之一种，能攀援棚刹"。而扬之水的《书房》一文论述更详：

"《梅花书屋》中的'宝襄'，乃宝相花，它本是图案的一种，即以一种花卉为核——早期是莲花，后世则也用着牡丹，周环层层叠叠广出各种花叶，自唐代便已流行。不过实用的花卉中又确有一种曾被冠以宝相花之名，两宋对它不乏题咏"，举例如梅尧臣、范成大等。又引明人高濂《遵生八笺》的记述、明代王圻父子《三才图会》的图绘，结合张岱说宝相花可以攀援的特点，认为"大约总是蔷薇科中的一种，不过现代花卉名称中已经不常见了"。

扬之水文中还附了饭沼欲斋《草木图说》的宝相花图绘，据此她考证该花也可能是单瓣缫丝花（野石榴、刺石榴）。而我在岩崎常正的《本草图谱》亦看到收有宝相花，且为彩绘，能更直观地见出其富丽繁复、雍容饱满，与古代宝相花图案的描述是相合的。大概人们在自然界发现此花，觉得与无中生有空想出来的宝相花纹饰近似，所以将名字落实到它身上。又由这两部日本花草图谱可知，东瀛直到近代仍使用宝相花一名。

至于张岱同时所种、同样缠绕攀援的西番莲，留到后面一起说。总之，就像扬之水先生持赠《书房》一文所在的《唐宋家具寻微》时，与我就此谈到的：宝相花、西番莲是先想象创造出文物纹饰图案，再套上相近的植物而命名。

但西番莲的纠缠不止于此，就像它惯于蔓生，这个名字还横生了一段枝节，是被虚构了另一个身份：玉蕊花。对此我曾作过详细的考辨，这里只列要点如下：

其一，唐代长安有玉蕊花，传为一时美谈，留下众多咏赞。据李约瑟的《中国科学技术史·第六卷第一分册：植物学》考证，这个特殊的变种后已消亡失传。但历史上人们曾把扬州琼花误认为玉蕊花，到现代，又将西番莲也混同起来。

其二，这个误解的原因，可能是西番莲有丛簇密集、细长如须的花丝，与玉蕊花有点相近。但是，西番莲乃藤蔓植物，花朵以蓝紫色为主；而玉蕊则是灌木或小乔木，花朵通体洁白（如唐人王建所咏："一树珑璁玉刻成"），两者不可能是同一种植物。虽然西番莲科中有另外两个属多个品种（并非现在我们讨论的西番莲属）原产我国，但它们也不可能是玉蕊，因为玉蕊至今还自成一科。

其三，这个误解的源起，我经爬梳后发现是二十世纪初、杜亚泉等编的我国第一部《植物学大辞典》，释玉蕊花为："即西番莲也。名见《秘传花镜》。"这不仅前一句是误指，后一句还导致人们误把出处当成是清人陈淏子（或作陈淏）的《花镜》（即《秘传花镜》）。其实《大辞典》的原意可能只是玉蕊花这个"名"首见于《花镜》（虽然这也不确切），但与上一句的错误判断连在一起，就造成"栽赃"《花镜》的巨大影响，像许衍灼《春晖堂花卉图说》释西番莲，径谓"《花镜》曰：一名玉蕊花。"像酆裕洹的《花镜研究》，则将《花镜》原文的玉蕊注为西番莲。到伊钦恒校注《花镜》，在原文的玉蕊条下注："现名西番莲"，并煞有介事地介绍了西番莲的植物学性状。伊钦恒这个校注本比较流行，进一步传播和放大"玉蕊花等同于西番莲、依据是《花镜》"的谬说，竟成通行定论。如高明乾《植物古汉名图考》、何家庆《中国外来植物》等严肃专著都采用此说，其他书籍、文章更不胜枚举。甚至像高兴选注《古人咏百花》，在对玉蕊花诗的介绍中，还因将唐代玉蕊花当成西番莲，从而进一步推导出西番莲"早在唐贞观年间就传入我国"。可谓越扯越远越演越烈。

事实上，我查过《花镜》的多个版本，陈淏子从来没说过"玉蕊花即西番莲"或"西番莲一名玉蕊花"。他所记的玉蕊花（按：主要内容是转录南宋周必大《玉蕊辩证》，但不注出处，由此还造成其他误解，此不详论了），也丝毫没有涉及西番莲的特征。《花镜》原书所附木刻版画插图，玉蕊花一幅亦与西番莲绝无相似之处。后人不作分析判断、不去查核原书，以讹传讹，从而厚诬古人、唐突名花，可叹也。西番莲自有其风姿，它并不需要、也不会喜欢被迫攀附传奇的玉蕊的。

今生：名实迷案，花色果香

上节谈到，南美的西番莲引种中国，与人们将纹饰名称西番莲赋予真实的植物，这两点可能是一回事，但也可能不是，即还有其他植物也被称作西番莲。关于西番莲的引入时间和文献记载，关于其在古代神秘出没、带来种种同名近名的纷杂歧义，我也曾像查案般翻过一大堆古书，梳理出一点其真身何在、现身何时的脉络。

以我知见的有限范围，最早将西番莲一名作为植物来记载的，是明人慎懋官撰、出版于一五八一年的《华夷花木鸟兽珍玩考》："西番莲，出夷地，有黄赤两种……"不过，这虽然明确是外来植物（"出夷地"），但从所记"干围六七寸，叶长尺余……叶如芭蕉……每花三四十瓣"等特征看，并不像西番莲科属。但无论如何，这在西番莲名实史上是一条重要资料。

稍后，成书于一五九一年的明人高濂著《遵生八笺》，成书于一六〇四年的明人蒋以化辑、姚宗仪增辑《花编》，也出现了西番莲之名，但都系于菊花部分，只是菊花的一个品种。

与此相关的，在这之前，成书于一五六五年至一五七一年的明代王圻父子《三才图会》，里面记波斯菊"一名西番菊"。在这之后，出版于一六八八年的清代陈淏子《花镜》，亦有西番菊，不过系于"有菊之名而实非菊者"部分；而伊钦恒在校注《花镜》时将其释为西番莲科西番莲属的一种龙珠果，这也像释玉蕊花为西番莲一样是误注：把龙珠果的照片，对比陈淏子对西番菊的描述、以及《花镜》原版的木刻版画（伊钦恒校注本将西番菊和前面玉蕊的原图删掉了，其他植物的古代插图也换成现代线描），两者并非同一物。

《花镜》所记西番菊，是在明人王象晋《群芳谱》有关内容基础上增补而成，不过，成书于一六二一年的《群芳谱》，原本写的不是西番菊，而是西番莲——这是继《华夷花木鸟兽珍玩考》之后，西番莲在古代植物专著中又一次出现。但王象晋是在谈莲藕之后、附录于名为莲而实非者中，称西番莲"花淡雅似菊之月下西施"。这种名莲非莲、似菊非菊的花，从简短的描述可知为藤本植物,但不能确定就是西番莲科属。

几乎与此同时,就是张岱《梅花书屋》的西番莲了。——《陶庵梦忆》成书于清初的一六四六年,但所忆的是明亡之前,据栾保群注《陶庵梦忆》附录的"篇目系年"考,张宗子筑造梅花书屋是在一六二一年后不久。如前引,他描写西番莲只有一句话,但这"缠绕如缨络"五字,却简洁地点出了西番莲科属植物的主要特点之一:攀缠蔓生。因而几乎可以认定就是我们现在说的西番莲了。

不过确凿的证据还得往下推延。清代一七○○年刊行的屈大均《广东新语》,记载了一种西洋莲,说此花"蔓细如丝,朱色,缭绕篱间",其花"瓣为莲而蕊为菊……故又名西洋菊"。花朵随谢随开,"经月不绝"。"其种来自西洋,广人多杂以玉绣球、蔷薇、凌霄等花,环植庭除,开时诸色相间,谓之天然锦屏。"百余年后,出版于一八○九年的清人李调元《南越笔记》,内容多引自《广东新语》,其中西洋莲一则就是据屈大均上述原文作整理、精简。

再然后到出版于一八四八年的清代吴其濬《植物名实图考》,全引了《南越笔记》该则内容,但有三处重要的不同:第一,将西洋莲改为西番莲,这是对屈、李所记名称的订正。第二,明确注出"即为转心莲",这是对西番莲主要特征的首度展示。第三,第一次为此花配上绘图,由此也可对照证实,这就是我们今天说的西番莲科西番莲属西番莲。

至此,真正的西番莲终于脱颖而出,验明正身了。《植物名实图考》的划时代贡献,是吴其濬既饱览典籍、搜集草木记载，又结合实践、遍访各地群芳，经耳治目验、印证实物后记录现代科学意义上的生物学特征，特别注重对植物同名异物或同物异名现象进行辨析考订，同时配图精审，这几点公认的价值，确保其判定西洋莲即西番莲这一结论是可信的（包括至今很多植物图书的西番莲线描图，都不如该书画得简洁好看）。只不过他采用了李调元的资料而未及屈大均的最早记载（《广东新语》在清代曾被禁毁，其内容正是借助《南越笔记》几乎照搬式的整理重编而能流传），以《植物名实图考》的权威性和影响力，导致后来的植物专著如近代的《植物学大辞典》、当代的华南植物研究所《广东植物志·第二卷》等，记载西番莲名称出处时都注明《南越笔记》而不提《广东新语》。

——归纳一下：作为真实植物的西番莲之名，不迟于十六世纪晚期出现（《华夷花木鸟兽珍玩考》）；真正的西番莲，有可能在十七世纪早期已作为江南的园林花卉（《梅花书屋》），应该在十七世纪晚期已是岭南普遍应用的庭院造景植物（《广东新语》）；最迟在十九世纪中期，其名称与实物已确定统一（《植物名实图考》）。大概此物在明末清初传入我国后，因花朵奇特艳丽、花期甚长，成为"天然锦屏"般的观赏植物；因藤蔓细长柔软，善于缠绕攀爬，绿荫四布，成为院落篱笆、园林棚架的理想装点，从而深受欢迎。特别这"缭绕"的特性，与历史上人为创造的西番莲纹饰相似——后者就是缠枝花纹——人们遂将此名赋予之，并得了别名缠枝莲。另外"西番"二字正好也与其来自域外相符。

至于高濂、蒋以化、王象晋、陈淏子等人记载的菊类西番莲、非菊类西番莲、以及西番菊，则有可能是大丽花、孔雀草等菊科植物：查徐晔春等主编《养花图鉴》，大丽花有别名西番莲，孔雀草有别名西番菊。对此，翊鸣《又自在又美丽》也作了考辨，该书西番莲篇引述史铁生写自家院子种满西番莲（按：史铁生对这童年记忆写过不止一次，《务虚笔记》之《生日》还记述他小时候"仰望西番莲那硕大的花朵"），而热带植物西番莲不可能在北京长得如此繁茂，作者查书后指出，那是大丽花的别称。

翊鸣还辨析了西番莲与鸡蛋果（百香果）这两种西番莲科属主要植物的区别：西番莲的叶子是掌状五裂，果实为橙黄色，花丝比较短直；鸡蛋果的叶子是掌状三裂，果实为紫色，花丝长而卷曲。

西番莲，在开头简要介绍的基础上再补充一下。它的拉丁文属名意为热情之花，但英文名称中有一个词源于耶稣受难日。十五世纪末至十六世纪，西班牙人进占美洲新大陆，发现了这种植物，认为其复杂的花形结构犹如耶稣受难图，比如花药像十字架，又像钉子，花丝像荆棘王冠等等；这种附会在十七世纪早期经一位传教士贾科莫·博西奥的论著阐述强化，从而成为基督教的象征符号。十七世纪末期，西番莲被引入欧洲培植。（据英国桑德拉·纳普《植物探索之旅》。该书收录了西方古代的西番莲图谱十多幅，其中有伦敦自然历史博物馆收藏的最早的西番莲绘画，就出自十七世纪初。）

这种花的奇特形状让人总"感到需要抓住什么譬喻来应对"，除了耶稣基督和开头也说到的钟表外，美国萝赛《花朵的秘密生命》——故人因该书写了西番莲而特别推荐——另比喻为：整朵花"像是个迷上直升机的女人设计的"，花柱头的三裂片有如螺旋桨。她还介绍：西番莲会在不同时间精心设计自己性器官的位置，有些植物"摆弄自己的性器官或是转换性别，为的是要避免自花传粉"。这应就是其花药转动、成为转心莲和时钟花的原因。

《植物探索之旅》说："西番莲因其不可思议的花朵而出名，如今它却因为果实而被人熟知了。"其中，"商业上最重要的西番莲品种是百香果。"对此，《中国植物志·第一卷》将西番莲科属众多品种中的这两种代表植物分别表述为："赏花者常见"的西番莲，"用果者常见"的鸡蛋果。

其实鸡蛋果的花比西番莲还更精致，西番莲的花以蓝紫色为基调，鸡蛋果的花则是外围白、中心紫，更显娇娆；周围的花丝更密更长，且卷曲如流苏，巧夺天工。真柏《花花草草的七情六欲》称西番莲是他"见到过的最精致、最瑰丽的花朵"。说的其实是鸡蛋果（他也同样将西番莲附会为唐代的玉蕊花）。翊鸣《又自在又美丽》则比喻说："百香果浓郁的香味和美艳的花朵像极了那些散发着热情、带点儿妖冶和不羁的热带女子。"

该书又赞叹，鸡蛋果"是自然之手创造的一个奇迹"。说南方夏秋之间的八月——正是我撰写此文之时——依然暑热逼人，"好在百香果已经成熟，因为一杯微酸香甜的百香果汁，濡暑就变得不是那么难熬"。这是鸡蛋果在庭院观赏之外的主要用途了。

《小聪仔》杂志增刊、张美爱撰文的《鸡蛋果》有具体介绍：其果实外皮原为青绿色，成熟后变紫红色（是紫色鸡蛋果与黄色鸡蛋果的杂交品种，故称紫果西番莲），放置一段时间后表皮变皱，但果肉会更鲜美多汁。金色的果瓤布满黑色的小种子，可以直接挖果肉吃，但一般用来加上糖和蜂蜜，兑水冲成可口饮料，号称"果汁之王"。因包含多种水果的香味，有超过一百三十种芳香物质，故又名百香果，被称为"水果中的魔术大师"。此外，其果肉营养价值高，具有多种健康疗效，还可制作各种加工品，提取的香精则是良好的添加剂，种子又可榨油，果、根、茎、叶还可入药。

这本图册也专门谈到如何辨别鸡蛋果与西番莲，两者相像，极易混淆。不过，鸡蛋果在西番莲科属植物中较为常见，经常被统称为西番莲，不那么严格专业的话，我看亦无不可。

百香果这个雅称，疑来于台湾，是近年才有的；我们原本民间所称鸡蛋果，这么通俗老实的名字却是正儿八经写入植物志的中名，其起源已难以考订，手头最早记载的是一九五六年出版的华南植物研究所《广州植物志》，但也没能依该书体例列明典籍出处。大约总是因其果实形如鸡蛋，果汁金黄如蛋黄，遂有鸡蛋果这种约定俗成的名字。

来自巴西（一说大、小安的列斯群岛）的鸡蛋果，引入肯定要比西番莲迟得多。具体时间有多种说法，较早的，王媛等撰文的西人图谱集《花卉》，在其中一幅西番莲绘画下的说明，谈的其实是鸡蛋果，谓"我国自本世纪（按：指二十世纪）开始引进试种"。较迟的，一九八六年出版的劳伯勋《南国花讯》，说鸡蛋果"来华仅十余年"。折中而权威的，《中国植物志·第一卷》记鸡蛋果，是"解放前后引入滇至闽、台南亚热带线以南"。另外可参照的是，上面说的，二十世纪五十年代出版的《广州植物志》已经收录鸡蛋果；余亚白《台湾果树》记台湾在二十世纪六十年代从美洲引进百香果进行培育、七十年代以紫色种和黄色种杂交出新品种；东莞农业局《东莞市农业志》所记西番莲，其实说的也是鸡蛋果，称这种新兴饮料果树建国后才引种，"引入中国栽培只有几十年历史"。

我关注西番莲，恰恰整整十年；自家种植鸡蛋果，也已近十年。最初是在花街遇上，摊主起劲推荐，说这鸡蛋果如何粗生易长，果实成熟后如何好吃，开花时又如何芳香，特别是反复强调"有花有果"四字，最终打动了我，觉得春节将至，正是开年的世俗吉祥。遂将这第一次认识的植物买回，栽于书房窗台，然后才查到它与已在书上留意到的西番莲的关系，由此进一步沉迷于西番莲的史迹探寻。

期间也屡屡得赏其"有花有果"，是几乎全年的持续惊艳：花的奇特，果的可爱，枝蔓的曼妙。花，前面已一再介绍了；枝叶，则日日疯狂攀缘游走，密密匝匝覆盖出地道的绿窗，透来清风清阳，是惬意的享受。至于那些垂悬的鸡蛋果，未熟时青绿润泽，看其逐日圆满成长，心中欣悦；即使在雨天，圆润的果子缀满水珠轻摇，也很动人；熟落后枯干紫红，不舍得吃，作为案头把玩亦很好。

曾在春日、特别是春节前后赏此奇花，得新年好景之乐，并由此知道不少植物书记载鸡蛋果花果期在夏秋是不准确的

（科学永不能穷尽大自然的奥妙，走出书本，往往有意外的惊喜）。曾在夏天对着窗栏外的绿叶青果，以之赏玩消夏，并在生日欣然拍摄发给友人致意。那些花果照片，还用来制成自用的"忆水舍笺"。

对此花果藤叶，读写分外怡然：开始的第一棵，是"销夏录"等等的背景，它死后，为之写下长文《西番莲的前世今生》，作为送别与怀念、回味与致意；后来再买第二棵，则曾相伴校对书稿，开出"闲花"，仿如纸上的花结成了书中的果，是美妙的前缘再续……

那两次栽种期间，特别是广搜遍查浩瀚文献、犹如拨开缠绕藤蔓得见花果真相的过程中，曾有过多次书、人、植物、时日四者之间的邂逅巧遇、恰好暗合，甚觉有缘（本篇不再逐一列举，详见旧文《西番莲的前世今生》）。到现在亦然：最新收得的植物图书，是翊鸣写节气花事的《又自在又美丽》，日前立秋前日购聚后，即读其系于八月处暑节气的西番莲篇，然后携往阳台鸡蛋果叶丛中拍摄书影，才意外地惊喜瞥见，新栽的这第三棵已开出初花——简直是天意的凑趣，这三度结缘，遂又得相宜背景的欢欣读写。

翊鸣笔下的西番莲，除了正好让我及时又收获些重要资料写入本文，该篇结尾也很可玩味。她说自己费尽周折去弄清楚百香果、西番莲、也叫西番莲的大丽花之间的不同，并不能"带来什么俗世中切实的好处"；"可是，在知道或不知道之间，还是有一些东西在悄悄地改变了我，于是眼中的世界便有了比以往多出来的一点点不同"。

此意大合我心。说起来鸡蛋果并不算我最喜欢的植物，阳台所栽花木中也有多种比它感情更深，但却在十年来反复栽种、一再记写，特别是长期费时耗力翻书查探，如文抄公般去剪辑整理文献资料，也确乎没什么现实意义。可是，人生除了意义，还该有意思吧。搞清楚一种植物的名实源流，个人与花木便仿佛多了一层神秘的联系，心境与世界便仿佛生出一份可意之思。

翊鸣在全书《前言》的结尾，也表达了与上述谈西番莲时相似的用意，就借她的好话来收结本文——在生命的行旅中缓步驻足，认真审视植物，"我们才可以'看见'。当看清了苍莽万物此与彼之间每一点细微的差异和美丽，我们便拥有了一个不只是路过的人生"。

2017年7月底至8月上旬

《古代建筑雕刻纹饰——草木花卉》，毛延亨等著。江苏美术出版社，2007年8月一版。

《天赐荣华——中国古代植物装饰纹样发展史》，张晓霞著。上海文化出版社，2010年9月一版。

《中国植物志·第一卷》，吴征镒等编著。科学出版社，2004年10月一版。

《遵生八笺·燕闲清赏笺》，[明]高濂撰。巴蜀书社，1985

年10月一版。

《三才图会》，[明]王圻等编集。上海古籍出版社，1988年6月一版、2014年6月八印。

《本草图谱》，[日]岩崎常正绘著。浙江人民美术出版社，2015年9月一版。

《中国科学技术史·第六卷第一分册：植物学》，[英]李约瑟著，袁以苇等译。科学出版社、上海古籍出版社，2006年8月一版。

《植物学大辞典》，杜亚泉等编。商务印书馆，1918年2月初版、1933年6月缩印本初版。

《花镜》，[清]陈淏撰，陈剑点校。浙江人民美术出版社，2015年10月一版、2016年8月三印。/《秘传花镜》，据复旦大学图书馆藏清刻本复印。

《花镜研究》，酆裕洹著。农业出版社，1959年11月一版。

《春晖堂花卉图说》，许衍灼编。原撰于1922年，中国书店，1985年3月影印一版。

《中国外来植物》，何家庆著，上海科技出版社，2012年1月一版。

《华夷花木鸟兽珍玩考》，[明]慎懋官撰。据明万历刻本复印。

《花编》，[明]蒋以化辑、姚宗仪增辑。据明万历刻本复印。

《南越笔记》，[清]李调元撰。收入《清代广东笔记五种》，林子雄点校，广东人民出版社，2006年10月一版。

《植物名实图考》，[清]吴其濬著。浙江人民美术出版社，2014年1月影印一版。

《广东植物志·第二卷》，中科院华南植物园编、陈封怀主编。广东科技出版社，1991年11月一版。

《养花图鉴》，徐晔春等主编。汕头大学出版社，2008年1月一版。

《又自在又美丽》，翊鸣著。北京联合出版公司，2016年3月一版。

《植物探索之旅》，[英]桑德拉·纳普著，智昊团队译。长春出版社，2015年8月一版。

《花朵的秘密生命》，[美]萝赛著，钟友珊译。广西师范大学出版社，2004年1月一版。

《花花草草的七情六欲》，真柏著。中国时代经济出版社，2009年4月一版。

《鸡蛋果》，张美爱等撰。接力出版社，未署出版时间。

《广州植物志》，中国科学院华南植物研究所编、侯宽昭等编著。科学出版社，1956年6月一版、1959年9月三印。

《花卉》，多人绘，王媛等撰文。陕西师范大学出版社，2003年6月一版。

《南国花讯》，劳伯勋著。江苏科学技术出版社，1986年5月一版。

《台湾果树》，余亚白编著。厦门大学出版社，2004年4月一版。

在二〇一七回忆七叶树

二〇〇七年的时候，我写过一篇《七叶树》，介绍当年的七种植物新书。其实文章内容和那些书的内容，都没有涉及七叶树这种植物，我只是喜欢这个树名（喜欢到对自家一株热带植物马拉巴栗发财树，也曾私下命名为"七叶树"），用作文章题目，是图一点与年份数字呼应的小趣味。

不过在那之前之后的二〇〇六年和二〇〇八年，我在两趟中外旅途上真的遇到过七叶树，留下深刻的印象。而今又逢"七"之年，依然为了一份时光与数字的趣味，特从两篇记载"行旅花木""探花之旅"的旧作中摘出相关文字，合为此篇（并补充一些新的收获），既是新年应景，也是再次回味岁月旅程中的芳踪绿痕。

上：巴黎之春

我的巴黎五月欢心之游，重点是以海明威《流动的圣节》

为导览，寻访他和文友从前的踪迹，其中包括卢森堡公园。二十世纪二十年代的巴黎黄金时代，文艺青年海明威与这个巴黎人最喜欢的公园颇有缘分，他晚年在那本深情动人的回忆录中多次写到：拮据到揭不开锅时，跟妻子说有人请他吃午饭，其实是到这公园转悠，然后去博物馆看画。又曾在这公园里散步时，邂逅认识同样流寓巴黎、也住在附近的格特鲁德·斯泰因，由此建立了一度极为深厚的友谊，成为他创作生涯起步阶段的重要一笔。而他们友谊结束的那一天，他到斯泰因那著名的沙龙寓所决裂之前，也路过卢森堡公园，"那是一个春光明媚的日子"，"七叶树上繁花盛开"，孩子们在树下小径嬉戏，鸟儿在枝头叶间啼鸣。——我在这美丽的公园里，也见到几乎同样的和煦春景。

七叶树，在海明威那本"像春天一样美好"的回忆录中数次出现，其中，为了写作顺利、交上好运，他会在口袋里放一根七叶树树枝和一只兔子脚。上海译文版的汤永宽译本《流动的盛宴》注释了这个典故，指出是西方习俗，随身带这些可以逢凶化吉。——不过，他没有像其他几个中译本那样译成七叶树树枝，而是译为七叶树坚果。

这种坚果形似栗子、橡实，也正因此累事，七叶树容易被与栗子树、橡树混淆起来。

董桥《记忆的脚注》里有一篇《巴黎栗子树的迷惑》，深入考证了这种树。缘起于他看到一幅描绘巴黎的画，里面"那株带黄白小尖塔花影的该是栗子树了"。他自己也在巴黎看过栗子树开花，但总有点疑惑，不敢确定，到处问人、查资料，有人说是栗子树，有人说是橡树，依据分别为树上的坚果可以吃与不能吃。而他最后就是从海明威称为"马栗树"得出确证："那是欧洲七叶树"。它那类于栗子却不能食用的果实，可用来治疗马的呼吸道疾病，也是儿童游戏的玩物。

巴黎，甚至就在卢森堡公园，也是有栗子树的。简·里斯的小说《巴黎风情四重奏》就写到春天卢森堡公园一带的栗树开花情景。吴安兰《巴黎的花园》专门介绍了卢森堡公园有一大片壮观的栗树林，指出那是巴黎随处可见、被法国人迷恋的印度栗树（这也是董桥文中转引长住巴黎的迈克给出的名称）。

但是，海明威那两处说的肯定是七叶树（马栗）而不是栗子树，因为同是《流动的圣节》中，他另外写到巴黎圣母院所在的西岱岛，"栗子树亭亭如盖"。手头四个中译本都这样分别译出，不可能是误译，说明海明威是分得清两种树木的。

至于与橡树混淆，典型如永井荷风。他的《法兰西物语》有一组题为《橡树落叶》的小品，序中写到：巴黎到处种植着七叶树，"四月份开始抽芽，忽然之间就从一条叶柄上分开长出五六片很宽的嫩叶。那种绿色是我们植物中很少见的，又浅又软的颜色。初春的晴日的阳光透过这层嫩绿……幽邃浓郁的树阴犹如生成了一个梦的世界。到了五月份，树就会绽开白色的花，形状像大穗子，法国人把这花喻为'悬挂于宫殿天花板上的白色蜡烛吊灯'……"这一段，是我所见七叶树描写中最为细致的，写得极美，南京大学出版社的中译本还配了一幅这些绿叶的特写彩绘插图。不过，永井荷风因为七叶树与橡树相似，接下来就直接把它们称为橡树，"我对法国最难忘的记忆就是橡树的树阴",并且深情地"呼唤着你的名字,写下我的小品文集的标题"。——两种树骤然变换身份,让人糊涂。

同一书中,永井荷风又分别写到七叶树和橡树,都赞美这些巴黎行道树春天的葱绿嫩叶,和飘落的白花。可见巴黎也同时有这两种相似的树。

海明威那本回忆录,台湾时报文化版的成寒译本《流动的飨宴》附了大量漂亮而用心的资料图片,其中就有七叶树茂密喜人、青翠欲滴的绿叶照片。不过,在这个问题上最值得一提的,是少为人知的吴建国译本《活动宴会》(并非单独成书,而是收入安徽文艺出版社一本旧书、"美国中篇小说集"《老人河》中),里面那两处七叶树,都译为欧洲七叶树。这与董桥一样,是最准确的译法。

严格来说,七叶树与欧洲七叶树是两种树。查英国皇家园艺学会《世界园林植物与花卉百科全书》,名列春季观赏大型乔木第一位的就是欧洲七叶树,并注明马栗的别名,描述为:生长茂盛的落叶乔木,树冠开展,花序尖塔形,白色,春季开放。该书另收入七叶树,形态近似,不过花序要细长些,花期要晚些,仲夏开放。

拉斯泰尔·菲特尔的《树》,介绍七叶树:一般五月开白色的花,开花后树上满是直立的花穗。还特别说明,其英文名直译为马栗,并也提到孩子们很喜欢玩那些像栗子的坚果。但是,据艾伦·J·库姆斯的另一本《树》,英文名马栗,对应的是欧洲七叶树。——可见前一本《树》有误译,而董桥和吴建国的严谨是对的。

当然，这样的繁琐考证属于枝节了，动人的始终是直观的美景。董桥那篇"迷惑"，用意还是通过此树的花叶春色，抒写对巴黎绿意的牵挂思念。——就像多年之后，保拉·麦克莱恩著《我是海明威的巴黎妻子》，为"流动的盛宴"的女主角代言，从她的角度重述往事，就以"七叶树的繁花盛绽与诗文和鸣"来形容当年的巴黎风华，可见对此花树的念念不忘。

我也一样。难忘那个春天巴黎的种种，包括卢森堡公园的一尊雕像，那是写《巴黎的忧郁》的波德莱尔，他在草坪林间沉思，四下安宁静谧，头顶笼罩着鲜绿得沁人肺腑的欧洲七叶树浓荫，五月的簇簇洁白花束犹如烛台相伴——那些绿叶是生机，花束则是怀念，留下一个恋恋回味的记忆脚注。

下：北京之秋

"红黄烂然，北京之秋"，北京红叶最著名的去处自然是香山。不过我的十月郊游因在周末，人车俱多，就不去从俗凑热闹了，而是上了清静的西山。

沿路看夕阳山峦，处处"红树醉秋色"。来到目的地、半山上的潭柘寺，寺建于西晋，故称"先有潭柘寺，后有北京城"。

柘，是指树皮可以入药的柘树。除了柘树，这座古刹还有很多奇树珍木，最欢喜的是看到两棵六百年树龄、枝叶繁茂的娑罗树。这是一种从印度和东南亚传入中土、高大常绿的佛教植物，相传释迦牟尼即寂灭于此树间。因叶多七出，又名七叶树,这也是我喜欢的名字;其花夏初开,形如白色的蜡烛,估计因花型如香火供奉,故得佛家青睐。

之所以欢喜,是因为日前才买了本明人屠隆的《娑罗馆清言·续娑罗馆清言》。

那天黄昏,从东到西穿过北大校园去赴宴,路过一家超市,见门口有书店招牌,顺便进去逛逛。原来这校园一角超市里竟隐身了三间书店,卖的都是很像样子的文史哲社科学术书,而且还打折。我本有到一地方购书纪念的习惯,只是三间店都未见那种一见欢喜要即刻买下的好书。逛到最后一圈,还是有心帮衬却买不下手;要出店门了,心里忽然起了一点感慨:也许,我以后都不会再到这书店来了——就在这么想的一刹那,脚被一张小书梯绊了一下,而我进门时,也曾经无意中绊到过这张小书梯的——这就是天意的提示了,于是,在书梯向着的那排书架,终于找到这册本属可买可不买的书,作个留念,上天留我之念。

屠隆在罢官后深研佛理参禅悟道,移植了一棵娑罗树于屋前,将书斋命名为"娑罗馆",所以有那样的书名。我从此书第一次知道七叶树的这个别名,没想到转眼就得见真身,真是有缘;连同买书的过程,是双重的缘分。

艾伦·J·库姆斯的《树》收录了七种七叶树,记载说有的会在秋季叶子变红。《续娑罗馆清言》里有一则:"名花芳草,春园风日洵饶;红树清霜,秋林景色逾胜"。这是他步入中年猝逢挫折、功名尽付东流从此再不复振后,回顾对比、感悟生命的淡泊心情。

龚云表的《此树彼树——多元艺术视野中的树》,有一节《"红树"诗画》,如题,谈了关于红树的古诗,配了好些以此为主题的精美中外绘画。文中谈到:"中国绘画崇尚表现和写意",因此红树之画不一定是写实,"常有将本身并非红色的树叶刻意敷以朱砂";同样,西方自印象派起,"也有摈弃具体的物象而把想象替代现实的'红树'",以反映内心感受。

所以,屠隆是用红树点染人生的秋天,我也不妨将心目中的北京之秋渲染得红黄烂然(尽管其实还有别的多种色彩)——各自都是主观地"敷以朱砂"的感染。

因为偶然发现与一位京城朋友都喜爱也斯,并因他的作品再度泛起昔年的唏嘘与感慨,回来后,我又翻出也斯那首心爱的《乐海崖的月亮》:

天气冷起来了/树都长出了红叶/我们沿路散步/想起朋友在不同的地方……有没有人在月升的时候想起我们?……凉风从天边吹起了/你们现在在不同的地方如何了呢?

——红树黄叶,带给人不同的感受,可以明朗欣爽,却也可以惆怅怀思,一如这首诗。

"红叶斜落我心寂寞时"。这样的秋天,你又遭逢了怎样的朱砂,浸染着自己的心情?

附记

  《佛教的植物》将娑罗树和七叶树分开记载，前者是荫蔽佛陀入灭之树，后者是佛陀入灭后首次经典结集地之树。但郑万钧主编《中国树木志·第四卷》收录的七叶树科七叶树属中，有一种叫天师栗的，别名就是娑罗果、娑罗子。因此我在潭柘寺看到介绍说娑罗树即七叶树，并非无因。陈嵘《中国树木分类学》记录七叶树的产地，包括北京西山一带，可能便是因潭柘寺的种植。

  科林·塔奇《树的秘密生活》说，七叶树的拉丁文由"马"和"栗子"组成；他描述："在自然课上，孩子们对七叶树手掌状的叶子进行素描……（我在学校的时候就画过），棕色的大种子，是七叶树奖励给孩子们玩康克游戏的。而大人们更看重七叶树，因为可以用它们装点可爱的街道，人们将它们视为重要的观赏树木。"托尼·罗素等《树木百科全书》也称："七叶树体型稳健，花朵和果实（即球果马栗）都很诱人。"

  《奥托手绘彩色植物图谱》有欧洲七叶树美艳花朵和奇特果实的诱人特写。此画我正好在记写《回忆一个春天在巴黎》后闲翻得见，是后来那个春天的心花忧欢之微痕……

  写下这些回忆和考证后，忽然起兴，在孔夫子旧书网上搜得两本直接以七叶树为书名的诗文集，作为此文的背景书和二〇一七的年度书，它们的相关内容，恰有值得一说的意味。

  李新的《七叶树》，大概因所收诗歌分为七辑而命名，封面是抽象图案的树生七叶彩画，很清丽可爱。其代序诗《七叶树》写道："伸出一片葱绿／手掌，对应的脉象／展示纷繁的道路"。

羁魂等的《七叶树》更佳，堪称是这"七之年"最可喜的应时"七之书"。

首先，这是一本稀见的港版旧籍，乃香港七位作家，为办诗刊积累经费而合写专栏，从中各选篇章合辑成书，由他们经营的《诗双月刊》出版。今为孔网孤本，我经了一点曲折才意外捡得，遗珠偶拾。

其次，它的封面是七叶树的大片叶子图案，配上此树的科学记载字样为底衬，是我所见唯一真正用七叶树做装帧的书衣，清雅合心。

第三，主事者羁魂在序言最后有一段话，更是所见华人文学中对七叶树少有的、最美的正面抒写。他说，这七组文字犹如七片小叶，源自"坚拔昂挺"的七叶树："四五丈高的七叶树，也许能荫远道行人半伞的轻凉，也许能供倦慵过客一顷的清赏；可作家具、可制肥皂、可为药物以外，原产中国这类落叶乔木，究能启示几许无用之用呢？……"

他是有感于与同伴执著文学理想、数十年的艰难坚持，以七叶树意象寄寓诗文岁月的流转沧桑。但我想，他们的寂寞耕耘能留下这本集子，甚至只留下这段话，已足可欣然留念了。世间尽多"纷繁的道路"，这条七叶树荫的小径既是从吾所好的命途，则哪管它无用有用呢，只取"半伞的轻凉"。

而我在岁末年初繁杂劳碌、身心纷扰的间隙，读此记此，得了暂脱俗尘的"一顷清赏"，也不枉对七叶树的长久喜爱了。且以流年旅途的回忆印象，再作新年续行的绿意底色。

2017年1月17日完稿

《巴黎的花园》，吴安兰著。安徽文艺出版社，2007年1月一版。

《世界园林植物与花卉百科全书》，[英]克里斯托弗·布里克尔主编，杨秋生等译。河南科学技术出版社，2005年1月一版。

《树》，[英]拉斯泰尔·菲特尔著，李茂林译。辽宁教育出版社，2000年10月一版。

《树》，[英]艾伦·J·库姆斯著，猫头鹰出版社译。中国友谊出版公司，1998年8月一版。

《此树彼树——多元艺术视野中的树》，龚云表著。上海书店出版社，2008年2月一版。

《中国树木志·第四卷》，郑万钧主编。中国林业出版社，2004年6月一版。

《中国树木分类学》，陈嵘著。1937年初版，上海科学技术出版社，1959年12月增补新一版。

《树的秘密生活》，[英]科林·塔奇著，姚玉枝等译。商务印书馆，2015年5月一版。

《树木百科全书》，[美]托尼·罗素等著，蒋科等译。人民邮电出版社，2016年2月一版。

《奥托手绘彩色植物图谱》，[德]奥托·威廉·汤姆著，未署翻译、整理者。北京大学出版社，2012年1月一版。

母亲的中西植物象征

上

金针菜蒸鸡,是广东很普通的家庭菜式,母亲生前就常做。那一节节针管状的晒干了的花蕾,鲜美爽滑,我爱挑来吃,但其黄褐干枯的形态,让我虽然明知却总是忽略、她前身的美丽和历史的底蕴:原名萱草,本是一种漂亮的观赏植物,据说又是《诗经》已有记载、包含了母爱象征等丰富内涵的传统名花。

这里用"据说",因为这种流行说法有可议之处。《诗经·卫风·伯兮》:"焉得谖草,言树之背。"一般认为是萱草的最早出处。谖,忘也,同属卫风的《淇奥》《考槃》之"终不可谖兮""永矢弗谖",都是这个意思。汉毛亨《毛诗故训传》遂引申释谖草可令人忘忧,许慎《说文解字》将谖写作蕿,即萱之本字,释为"令人忘忧草也"。意指《伯兮》中的女子,想念远征的丈夫而忧思成疾,叹何处可得忘忧之草。不过毛、许他们其实没有说谖草、蕿草究竟是什么草,由

"谖草忘忧"过渡到明确"萱草忘忧"的，应是从魏嵇康《养生论》开始。（虽然稍早前汉末蔡文姬《胡笳十八拍》已云："对萱草兮忧不忘"，但并非与《诗经》原句直接对应的表述，况且该曲词可能是后人的伪作。）嵇康并以不容置疑的口吻说这是"愚智所共知"的常识，然后晋张华《博物志》、崔豹《古今注》等也就此推波助澜，遂成定论。到当代，还有人继续发挥，说萱字从宣，故为"宣泄忧愁之草"云云（段石羽《汉字与植物命名》）。

但亦有不少人提出异议，认为《诗经》的谖草不是一种具体的草，《说文》的藼也不等于后来说的萱草。唐孔颖达《毛诗正义》谓："谖训为忘，非草名。"宋罗愿《尔雅翼》更直指："然世岂有此物也哉，盖亦极言其情。"即"焉得谖草"只是为了极端地表达妇人愁思而欲忘之情的一种抽象寄托；虚拟的谖草变成实有的萱草，只因同音而已，而且，"然'忘草'可也，而所谓'忘忧'，'忧'之一字何从出哉，此亦诸儒附会之语也。"简直全盘否定。吴厚炎《〈诗经〉草木汇考》详细梳理历代诸家各派意见，分析诗意和萱草的性状、分布，也得出《诗经》谖草非后之萱草的结论。但嵇康等魏晋人的演绎和影响，已使二者合一，令萱草与《诗经》谖草统一起来担负忘忧草之任，正如扬之水《诗经别裁》所说："因为有了这一首诗，人间果然就有了忘忧之草，于是萱草冒得谖草之名。"——成了后世的通行诠释。

下半句"言树之背"同样有衍生附会的地方，树是种，背即北，指古代妇女盥洗起居的北堂（《仪礼》《毛诗正义》

等）。《伯兮》那女子是想种谖草于堂前，观之以忘忧。耿煊《诗经中的经济植物》认为，这"似可能作为（西周、春秋时代）野生植物被栽培到园圃中罕有的可靠记载"。即萱草乃园艺作物的始祖之一。另元朱公迁《诗经疏义》："北堂幽暗，可以种萱。"指萱草耐阴，北堂背光，适宜种植此花。而因为北堂被专指为母亲的居所，萱草后来才成了母亲的代称，并引申出相关的"萱堂"一词。亦即在《诗经》中，萱草只是夫妇间的思念之花，由思夫到思母，是后人演化出来的，蓝紫青灰的《花月令》说："萱草从忘忧爱情草变成宜男母亲花，可以说是过度解释，萱堂上座，爱情下阶。"

这个演化完成之前，萱草文化还经历了一个重要阶段，就是玄想跳脱思路奔放的三国两晋南北朝，萱草在文献里集中涌现，五花八门的记载中，核心一是前引曾将萱草"种之舍前"的嵇康之"忘忧"，二是上引"母亲花"之前的"宜男"。

这一新义出自晋周处《风土记》，载萱草又名宜男，"怀妊人带佩，必生男。"（原书已佚，所引常见异文，此据时代较接近的北魏贾思勰《齐民要术》转引。）此说在当时颇为风行，魏晋的曹植、嵇含、夏侯湛，南朝的梁元帝萧绎等都写过以"宜男花（草）"为题的赋、颂、诗。我猜想，这一传说中的"宜男"之效，可能为后世将萱草转化为母亲象征提供了侧面助力。

当中嵇康的侄孙嵇含，留下几段颇有价值的诗文。他在《伉俪诗》中写"临轩种萱草"，可见其时仍保留了《诗经》对萱草的原本定义，即夫妇伉俪之花。在《宜男花赋序》中则指出此花别号鹿葱,说它"可以荐宗庙",即曾有供作宗庙祭品的地位。到了其名著《南方草木状》,记一种产于粤北、"花叶皆如鹿葱"的水葱,称这才是岭南"妇人怀妊佩其花生男者"。对于萱草、鹿葱、水葱三者的关系,以及对这条记载的理解,后世学者众说纷纭,总之当时普遍有这种戴花求子的民间风俗吧。《南方草木状》还有一则记:"水蕉如鹿葱……孙休尝遣使取二花,终不可致,但图画以进。"岭南的鹿葱等奇花艳名远扬,连三国吴的景帝孙休都为之心动想要征集,求之不得就看看绘画来过眼瘾。

关于鹿葱,明王象晋《群芳谱》引前人谓因"鹿喜食之,故以命名。"但认为是与萱草相似而不同的另一种植物。这个问题历来有争议,像清谢塈的《花木小志》,甚至将萱草、宜男、忘忧草等都区分为不同品种;不过按照传统看法,这里还是视为一物来整体讨论。

宋元间陆文圭《鹿葱绝句》形容萱草:"瘦茎却比沈郎腰。"沈郎所指的南朝沈约,写过《咏鹿葱》:"野马不任骑,菟丝不任织。既非中野花,无堪麏麚食。"这诗写得很古怪,可能是所有萱草诗中最怪的,除了与"鹿食之葱"的解释唱反调,好像什么都没有说,却又分明有所寄托乃至牢骚。确实,这诗的背后是有故事、有心事的:身为文坛领袖、开国重臣的沈约,晚年与曾交情深厚的梁武帝交恶而失宠,在郁郁不得志中,写了此诗表达求进不得求退不能的幽怨,却被妒忌者拿去向梁武帝告状,以是更触怒上意,加上其他事情造成皇帝的嫌忌和斥责,不久就惶恐忧惧而去世。(唐无名氏《灌畦暇语》，林家骊《一代辞宗——沈约传》）萱草见证过这样一种遭际，可记一笔。在那个乱世，唯有像生平悲剧色彩更浓的北朝庾信在《小园赋》说的："草无忘忧之意，花无长乐之心。"如植物般不存忘忧之念、长乐之想，才能得大自在，这小园才是乐园；然而人非草木，就注定要失乐园了。

由庾信的例子可见出，萱草除了被新添的宜男象征，其忘忧之意仍一直流传，阮籍、江淹等魏晋南北朝人都写过这方面诗文。至唐代亦然，李白、白居易、韦应物等皆以此意象入诗。但也有不同意的，如孟郊说："萱草儿女花，不解壮士忧。"亦正是他，在"谁言寸草心，报得三春晖"之外的另一首《游子》高举出母亲的形象："萱草生堂阶，游子行天涯。慈亲倚堂门，不见萱草花。"（一说是聂夷中的作品）

如此，萱草文化迎来另一个高峰期，突出的标志是思夫的本义、宜男的传说不再占主要地位（虽然后来也仍有人写过），取而代之与忘忧并行的，是慈母的象征。"始兆宜男之庆，晚惬奉亲之诚"（明刘玉《寿萱赋》），所谓"中国人的母亲花"这一流传至今的萱草阐释，是"晚"至唐代才出现、或成型的。后人咏此不绝，如元王冕的《偶书》："今朝风日好，堂前萱草花。持杯为母寿，所喜无喧哗。"

这确实是"过度解释"了，但与其忘忧之义一样，萱草的母亲意象已发展定型为一个独立自洽的名实体系，我想也当从俗吧。

说了这么久，还未正式介绍过萱草。它是百合科萱草属草本植物，叶子自根茎丛生，披针状长条散垂；初夏起花茎从叶丛抽出，挺拔亭亭；花多而大，漏斗状，六瓣纷披，有橙红、橘黄等色。古人早期的描述多关注其色彩的美艳，如夏侯湛《宜男花赋》："萋萋翠叶，灼灼朱花。"而其形状特点，是苏轼的《萱草》写得好："亭亭乱叶中"，花朵"孤秀能自拔"。

萱草原产地以我国为主，此外还有南欧等。拉丁文学名意为"一日之美"，英文名则是"一日百合"，这是因其晨开暮谢，单朵花只开一天。但每茎多花，此落彼开，花期连绵夏秋，故宜作为观赏花卉。加上生性强健而随和，基本上不择环境，多处都能生长，所谓体柔性刚（这也可使人联想到中国传统观念的母亲），因而是常见的庭院植物，苏轼苏辙兄弟都写过他们种在庭园中的萱草。古人还将其作为文房案头清玩，或者入画的吉祥花卉，宋代就有宋徽宗《蜡梅山禽轴》、李嵩《花篮图》等出现其倩影。

功用方面，其叶可造纸和编织草垫、根可酿酒，但主要是药用和食用。

入药，我国记载较早的宋苏颂《本草图经》谓萱草："主安五脏，利心志，令人好欢乐无忧，轻身明目。"（常见有人将此说讹为出自《博物志》）而在西方，据说古希腊狄俄斯库里的草药书就载有萱草，欧洲人取其镇痛安神（阿蒙《时蔬小话》）。这种减轻痛苦的作用，也是忘忧了。明李时珍《本草纲目》转引李九华《延寿书》对此的解释："食之动风，令人昏然如醉，因名忘忧。"现代科学研究表明，萱草含有毒性强烈的秋水仙碱，张平真《中国蔬菜名称考释》认为，所谓忘忧其实是这种生物碱使人中枢神经中毒后的体征。但这也证明古人的定义并非无因。至于与母亲象征可对应的是,萱草确有治疗妇科病的作用。

入馔,萱草的营养价值很高,是收入明朱橚《救荒本草》的野菜,是"山珍"之一、素菜上品。但严格来说,萱草有很多种类,供食用的只是其部分黄色花的品种,故名黄花菜;因其毒性,一般取嫩蕾蒸熟晒干后才食用,又名金针菜。——萱草自古别名繁多,这一点也很突出,据不完全统计有三四十种称谓(《中国蔬菜名称考释》),而民间最通俗、现实中最通行的叫法,是上述两者。

总之,萱草集观赏、药用、食用于一身,还有那么丰富的文史内涵,故明王路《花史左编》赞之云:"维彼秀色,可餐可忆。"

对于萱草历史上的诸多别名、纷繁寓意,清吴其濬《植物名实图考》有段话说得通脱:"忘忧宜男,乡曲托兴,何容刻舟胶柱?世但知呼萱草,摘花作蔬。"道出了平民百姓的实在,哪去管什么比兴寄寓,只"摘花作蔬"填饱肚子,从古典诗意、神妙传说回归到红尘中的家常生活,这种质朴的民生,是俗世的可喜。

我也一直持类似的意见,不喜欢赋予植物太多伦理道德、社会意义。然而,在某些特定时刻,却又感到这种植物象征文化的必要性,像今年初春,母亲猝然弃世,带来的冲击至今尚难平复,虽有种种可自我安慰之处,但道理并不能取代人生,深心幽衷,仍时时萦怀,挥之不去,却又难与人尽说,惟寄情花草书文。南朝任昉《述异记》载萱草除了又名忘忧草,还别称疗愁花,则冀以此慈母之花,略消那份"春愁"吧(唐吴融、宋刘敞咏萱草均用此词)。

明沈周事母极孝,爱画萱草,曾题诗:"我母爱萱草,堂前千本花。赠人推此意,磨墨点春华。"这也是我的另一点用意了。"不见堂上亲,空树堂下草"(明高启《萱草》),再也尝不到母亲做的金针菜蒸鸡之后,在纸上记写此花,当是堂下栽种此草,将这番文史典故的爬梳整理奉献给读者,作为"赠人推此意,磨墨点春华"。

下

萱草的姐妹花、形态相近的百合,恰好在欧洲很早就是母亲的象征。西方文明的源头希腊克里特岛,远古初民就用百合供奉万物的母亲神;希腊神话还有个传说,百合是天后赫拉溅落的乳汁幻化而来。后来基督教兴起,百合被用作耶稣母亲玛利亚的象征,称为圣母之花。不过,西方当代盛行的母亲花是康乃馨,即香石竹。

我国古人记述萱草,有时就会与石竹放在一起谈。清孔尚任《岸塘阶下初种草花二十四首》中咏石竹:"堂下春开早,忘忧得似萱。"直接将两者的含义挂上钩。(另据心岱《莳花》,西方竟也有类似传说,十七世纪时英国王室御医曾萃炼石竹为"忘忧水"。)而明文震亨《长物志》谈园林中的萱花,"岩间墙角,最宜此种";然后举出石竹及其兄弟花剪春罗、剪秋罗等,说"皆此花之附庸也"。这话虽然有褒贬,但说明石竹与萱草一样,也是造园植物。

石竹是石竹科石竹属草本花卉。秦汉时的《尔雅》有蘧麦之名,人们曾以为即石竹,遂将石竹与这种瞿麦混称,但后来已明确是相似的两种植物。"石竹"一名,李时珍《本草纲目》注为出自《日华》,即《日华子诸家本草》,此书已散失,作者和著作年代不详,属宋代以前的药书,而该名至少在唐代已经很流行了。元李衎《竹谱详录》将其作为"有名而非竹品"的附录,谓:"石竹,京都人家好种之阶砌旁,丛生,叶如竹,茎细,亦有节。"这叶、茎皆似竹就是得名的由来。

石竹花簇生于茎顶,花朵繁密,花色繁多,烂漫锦绣。主花期是暮春初夏,但有的品种可持续四季开放或春秋多次开花,唐司空曙《云阳寺石竹花》云:"谁怜芳最久,春露到秋风。"加上生长能力强等优点,是常用于庭院、花坛等处的园林花卉,明王象晋《群芳谱》赞石竹:"娇艳夺目,嫋娟动人。一云千瓣者名洛阳花,草花中佳品也。"

此花还有一个显著特点,是花瓣边缘浅裂如锯齿,仿佛巧手裁剪而成,所以同类花有剪春罗、剪秋罗这样曼妙的名字。罗,指绫罗绸缎中的罗类丝织品。石竹花不但本身如剪似绣,还以玲珑可爱的花形成为古代的衣饰纹样。李白《宫中行乐词》形容宫廷女子:"石竹绣罗衣。"清王琦《李太白集注》谓:"唐人多像此为衣服之饰。……石竹乃草花中之纤细者,枝叶青翠,花色红紫,状同剪刻,人多植作盆盅之玩。……唐陆龟蒙咏石竹花云：'曾看南朝画国娃，古罗衣上醉（按：一般版本作'碎'）明霞。'据此则衣上绣画石竹花者，六朝时已有此制矣。"这条注释是很好的资料：石竹除了用于园艺，还作盆栽；目前所见的石竹诗文记载是从唐代开始的，但其实南朝时石竹已是受欢迎的纹样花。

顺便提一下，据田自秉等《中国纹样史》，宋元的植物纹样中既有石竹，也有上节所谈的宜男即萱草。

说起来萱草和石竹是有很多共同点的，除了前面已提到的草本、植园、品种与花色繁富、生性既柔且刚，乃至忘忧等之外，还有就是都可入药、都有治疗妇科病之效；又都在入夏后为盛花期，正好应合母亲节。西方作为母亲节之花的，就是石竹属的一种香石竹，音译康乃馨，又名洋石竹，以别于原产我国而称中国石竹者。

石竹属植物广泛分布于亚欧各地，在欧洲的历史比我国更早。公元前四至三世纪的古希腊，学者狄奥弗拉斯托斯将石竹统称为"神圣之花""宙斯之花"（因此花最早在众神之王宙斯的诞生地、希腊克里特岛发现，香石竹的拉丁文属名就源自此语）。他的《植物研究》（《论植物的历史》）还记载，古希腊人用香石竹等编成花环。而由于这些花环、花冠是代表荣耀、献给神像作冠冕的，因此香石竹又称作加冕之花，康乃馨对应的英文名即衍生于加冕礼一词。这种原产南欧的重瓣香石竹，十七世纪起英、美不断有人进行育种改良，形成现在流行的康乃馨，并在二十世纪初开始传入我国。因其色彩丰富艳丽，形状美、花期长又耐储运，是世界上产量最大、产值最高、应用最普遍的几大切花之一。另可酿酒，可食用，花朵中提炼的芳香油还是化妆品和香水的重要原料（王晶《欧洲名花的故事》、阿内塔·丽祖等《橄榄·月桂·棕榈树》、何家庆《中国外来植物》等）。

香石竹的发展史，常见人引用一条资料，说十六世纪波斯陶器上绘有重瓣香石竹，是现代康乃馨的源头。但其实在西方美术作品中，还可找到更早的旁证，如十五世纪文艺复兴的几大巨子，笔下都出现了康乃馨，见出此花当时在欧洲的栽培成熟、普遍常见以及应用于宗教：达·芬奇、拉斐尔分别画过《持康乃馨的圣母》，波提切拉的名作《春》，花神衣裙上画的也有康乃馨，堪称在西方同样"已向美人衣上绣"。（句出宋王安石《石竹花》。他大概是我国古代名人中最关注石竹的，为之写过好几首诗。）

此后伦勃朗、鲁本斯、戈雅等都画过康乃馨；近代如梵高和雷诺阿，风格品味截然不同的两个人，却都爱画此花，一样的甜美温馨。比较特别的是，十六世纪绘画中频繁出现男子手持一朵康乃馨的形象，尤以雅各布斯·迪尔克的《康乃馨与死亡》令人瞩目，画中人一手拈花，一手却抚着骷髅头，神色凝重。

关于康乃馨/石竹的死亡意味，陈明训《外国名花风俗传说》指出："在世界名花中，没有哪一种的血腥气有石竹浓重。"所举的例证，从一开始的古希腊神话，石竹花就是"无辜流血之花"，是由狩猎女神狄安娜残忍地挖掉一个美少年的眼睛变成。（石竹花瓣上有细纹，有的纹路巧夺天工地围拢成圆形，仿佛眼睛。）此后在法国等地，石竹与王朝的征战、放逐、幽禁、攻伐、斗争相联，特别是十八世纪法国大革命后，很多波旁王朝成员和保皇党人都佩戴着表示王室尊严的红石竹走上断头台，人头纷落处血溅花红，以致被视为恐怖之花。到巴黎公社起义，红石竹是"热血之花"，公社社员、女诗人路易莎·米歇尔有诗咏之，事败后人们一直以此花来凭吊献祭，另外奥地利、罗马尼亚等也有用红石竹纪念牺牲烈士的风俗，成了革命、英雄的象征。

当然，石竹在欧洲各国普遍受欢迎，并不全都是那么沉重的。比如德国传说中石竹是忠贞之花，这可以《格林童话》一篇讲王子复仇的《石竹》为证：里面同样有血腥的情节内容，不过当中一位善良的女子，被有超能力的王子变成随身相伴的石竹花，是这个暴力、悲剧、连大团圆结局都打了折扣的故事中唯一的清丽意象。又如在英国，十六世纪起康乃馨就是上流社会的宠花，代表高贵尊崇，宫廷里的王公贵族、伊顿和牛津里的学子都会佩戴，莎士比亚、乔叟、弥尔顿等人都在诗文中赞美过。

另一较普遍的意义，见于基督教文化，即达·芬奇等画作的背景；还传说康乃馨是圣母玛利亚看到耶稣受难时流下的泪水化成，亦即已具备母爱的意义了。但在从前，这是与前述的百合"圣母之花"象征并存的，康乃馨后来独占鳌头成为"母亲花"，是时间并不长的"今典"。

这要从西方历史上的母亲节说起。如前引，古希腊就有拜祭万物的母亲神的活动；到古罗马正式形成每年三月的定期庆典，是母亲节的起源。十七世纪初，英国出现了表达对母亲尊敬的"省亲星期日"（至今仍有一些地方过此节日），是母亲节的前身。十九世纪，美国女权主义者茱莉亚·沃德·豪倡导现代意义上的母亲节，在一八七〇年写下《母亲节宣言》，呼吁以母爱平息纷争、致力和平。当时美国另一位女士、博爱主义者查维斯更是身体力行，创立"母亲节工作俱乐部"，进行社会公益运动，并推动南北战争中的双方和解。她于一九〇六年五月去世后，女儿安娜·查维斯接棒，在母亲的周年忌日举办了纪念会，宣传设立母亲节，并给参加者每人发放一朵母亲生前最喜欢的康乃馨。第一个母亲节在又过一年的一九〇八年五月于美国个别州举行，确定了康乃馨为献给母亲的花，并从此流传下来。

由于安娜和支持者的持续活动，获得广泛的社会效应，一九一四年五月七日，美国国会通过议案并由总统颁令，确立每年五月第二个星期日为全国性的母亲节（该年的母亲节在五月十四日，恰与今年一样）。其实不仅英国，很多欧美国家也都有自己的母亲节，但美国的这个渐渐成为影响范围最广的国际性母亲节。到一九三四年五月，美国首次发行母亲节纪念邮票，上绘一位母亲凝视着一瓶康乃馨，这枚邮票强化了康乃馨作为母亲节标志、慈母之花的传播（秦宽博《花的神话》、耿卫忠《西方传统节日与文化》《中国大百科全书》等）。

原本就有死亡气息和母爱含义的康乃馨，恰好这样结合起来、聚焦提升，亦不失为怀念亡母的贴切心意。就像萱草也是后世才被赋予母亲意象一样，成了自圆其说的名实体系，对这种植物文化不妨宽容视之。只是一旦流行，便有附加的俗气因素了。在康乃馨大国之一的日本，有两本书就此谈了很特别的意见。

杉本秀太郎的《花》，介绍西方母亲节时胸前佩戴康乃馨的流行习俗，即母亲健在就佩戴红色花、母亲过世后只能戴白色的，说："这种人为的规定，想必康乃馨也不乐意吧。等到母亲节那天，我要在胸前装点颜色斑驳的康乃馨。"

秦宽博的《花的神话》，指出当年美国花卉产业相当重视母亲节这个新节日，为过节送花大做广告，使康乃馨大卖至今；而安娜·查维斯是终生反对商业化的，她死前说："我要亲自终止自己所创立的节日变得越来越商业化。"从而劝告人们回归本义、思索创始者的和平与爱理念。

至于我，虽不取俗风，却也无意"装点"或"思索"，只是作这一番母亲中西植物象征的读写罢了。母逝忽忽已逾两月，身为人子，没有什么能做的，惟用自己最喜爱、最擅长的却又是微薄的植物写作，以文代花，敬献灵前，聊慰母魂与己心而已。

2017年2月24日起念，4月30日完稿，5月初修订。

―――――――――

《博物志校证》，[晋]张华撰，范宁校证。中华书局，1980年1月一版。

《尔雅翼》，[宋]罗愿撰，石云孙点校。黄山书社，1991年

10月一版。

《诗经中的经济植物》，耿煊著。台湾商务印书馆，1974年10月初版、1996年3月修订版。

《花月令》，蓝紫青灰著。山东文艺出版社，2016年7月一版。

《齐民要术校释》（第二版），[后魏]贾思勰著，缪启愉校释。中国农业出版社，1998年8月一版。

《〈南方草木状〉释析》，[晋]嵇含撰，靳士英主编。学苑出版社，2017年1月一版。

《花木小志》，[清]谢堃著。《续修四库全书》清版复印本。

《本草图经》，[宋]苏颂撰，尚志钧辑校。安徽科学技术出版社，1994年5月一版。

《时蔬小话》，阿蒙著。商务印书馆，2014年4月一版。

《中国蔬菜名称考释》，张平真主编。北京燕山出版社，2006年10月一版。

《救荒本草校注》，[明]朱橚撰，倪根金校注。中国农业出版社，2008年12月一版。

《花史左编》，[明]王路撰。万历刻本复印本。

《莳花》，心岱等著。译林出版社，2012年8月一版。

《长物志》，[明]文震亨著。《长物志图说》，海军等注释。山东画报出版社，2004年5月一版。/《长物志·考槃余事》，陈剑点校。浙江人民美术出版社，2011年12月一版。

《竹谱详录》，[元]李衎撰，吴庆峰等整理。山东画报出版社，2006年6月一版。

《欧洲名花的故事》,王晶著。河北教育出版社,2005年4月一版。

《花》,[日]杉本秀太郎著,李丹译。九州出版社,2016年5月一版。

留下石榴，记取开花的田野

古希腊神话世界，有如一片繁茂蓬勃的初生天地，处处奇花、累累异果，绽放着缔结着人神之源的传奇，且不断开出新花滋养后人：仅我书架上的"光荣属于希腊"系列，当中就有神话专著三十余种（不包括史诗、戏剧等），历来众多名家不断接力投入诠释演绎；如今，《多莱尔的希腊神话书》引进出版，为这个神话花园又添一枚精妙新果。

由美国童书绘本艺术家多莱尔夫妇撰绘的此书，其特色一是针对儿童的阅读，对繁杂的希腊神话谱系加以梳理，简练明晰；二是配上大量稚趣的插图，形象直观，因而深受欧美家庭欢迎。得书之后，我从私人趣味出发，翻检其中写到的植物——早几年去希腊圆梦的那个夏季，曾狂读希腊神话作热身，就特别关注过各种神幻的花草果木典故——以此作为一条别致的线索，"检查"该书的编写是否得当。答案是肯定的：在多个故事中占有重要地位的金苹果，雅典娜带给人间的礼物橄榄树，荫护太阳神阿波罗兄妹出生的棕榈树，冥王哈得斯地府中的石榴，酒神狄俄尼索斯发明酿酒的葡萄，普罗米修斯用来收藏盗取的天火的茴香，太阳神悲伤的女儿变成的白杨，美少年喀索斯因迷恋自己水中影子而变成的水仙，仙女昔林克斯变成的芦苇，另一位仙女达弗涅同样为躲避追求而变成的月桂树……在那远古人神混杂世界中出现的大部分重要传奇植物，这本连文带图不过一百八十页的书中都写到了，作为一个热爱古希腊和迷恋植物的读者，我欣然认同。

　　以这些植物为切入口，可窥见本书的精华。如最后一章"爱情之果与纷争之果"，用苹果的一个喜剧和一个悲剧，串连汇集几个故事（包括特洛伊战争那样的重大事件，以此作为全书压轴），堪称举重若轻的大手笔。如此用心剪裁拼接，巧妙过渡化繁为简，确实不仅适合孩子，"也适合被繁冗的希腊神话谱系绕晕的大人"，可轻松概览那片神奇的初生天地。

　　至于另一特色插图，手头插图本的希腊神话书虽有不少，但这样现代亲子风格的大量配画，我架上只有一册《绘画本希腊神话》可与之比肩。该书由希腊儿童作家阿纳斯塔西娅编写、希腊画家乔治·查拉斯绘图、前中国驻希腊大使杨广胜翻译——希腊风的原汁原味，是其最大亮点。它也是不错的通俗入门书，我当初读时还从中获悉一些感兴趣的植物消息。但不足之处是全书篇幅略大，且繁简详略之间的分寸不如多莱尔夫妇把握得好，可用冥王哈得斯抢亲、农神得墨忒耳寻女的故事来作一比较。

　　话说珀尔塞福涅是谷物之神、收获女神得墨忒耳的爱女，有一次她在原野上采摘鲜花时，被冥王哈得斯劫到地宫强迫成亲。寻女不获的得墨忒耳悲伤愤怒，以其法力令人间荒芜，花木枯萎，五谷失收。众神之王宙斯惟有迫令哈得斯交出珀尔塞福涅，得墨忒耳与女儿得以欢聚，遂再次赐福大地重现生机。然而，由于珀尔塞福涅离开地府前吃了那里的石榴，中了冥界的魔咒，一年中有三分一时间必须回到阴间，那几个月便成了万物不能生长的冬天，而母女团聚的时间大地才重披绿装，开花结实。——这便是四季的由来。

《多莱尔的希腊神话书》与《绘画本希腊神话》对比，一是后者还写了得墨忒耳寻女过程中无关宏旨的经历，冲淡了阅读的连贯；前者则砍去那些枝节，只保留故事的主体，一气呵成。二是得墨忒耳拥抱从地府中奔出的珀尔塞福涅这一情节的配图，后者画中背景依然是肃杀沉重的氛围，前者却浓墨重彩画出母女重逢之际，田野上鲜花怒放、麦浪滚滚，与上一幅插图描绘的冥界阴森场景形成鲜明比照，更有助于儿童的理解和调动阅读的情绪。三是后者没有像前者那样，点明是因珀尔塞福涅不能全身而退才造成了季节之分。——仅从这个故事看，《多莱尔的希腊神话书》要优胜于《绘画本希腊神话》。

还有一个细节，故事的核心关键，珀尔塞福涅不慎（一说哈得斯设计）吃下的石榴（一说石榴的果籽），《绘画本希腊神话》竟译作不明所以的"柘榴果"，这也许是排印之误吧。而事实上，石榴乃古希腊的重要植物，值得在这里谈谈。

关于为何地府的石榴可致人不能恢复自由身，周作人在翻译古希腊阿波罗多洛斯《希腊神话》的注释中指出，吃了死人国土中的东西便不能回来，是古代一种民间信仰："吃食也是一种契约。"至于为何在冥界诸物中（《多莱尔的希腊神话书》虽然简洁,但也写到地宫花园中还有各种诡异的杨柳等),要选石榴作为被迫定期履行妻子义务的契约,希腊索菲娅·N.斯菲罗亚《希腊诸神传》一言中的:"这是婚姻与生产的象征。"石榴因多籽而迎合人们的生育崇拜,在世界各地包括我国都有类似的象征意义。

石榴在远古就传入希腊,公元前三四世纪时,亚里士多德的学生、植物学奠基者忒奥弗拉斯托斯所著《论植物的历史》即有载录。它是古希腊的神圣植物之一,竞技胜利者头戴的荣誉花环,里面最初就包含了石榴果;同时,它也是寺庙神殿和雕像的装饰物。(据希腊阿内塔·丽祖等《橄榄·月桂·棕榄树——奥林匹克运动象征植物》)

在神界,婚姻与生育之神、天后赫拉最喜爱的植物之一就是石榴树,她的形象通常是一手执权杖、一手拿着象征多产的石榴;爱与美女神,又是花神、植物之母的阿芙洛狄忒,石榴也是其圣物与象征之一,人们祭献给她的植物包括石榴树。(据索菲娅·N.斯菲罗亚《希腊诸神传》和马里奥·默尼耶《希腊罗马神话和传说》)这有保存至今的文物为证,李再钤编著的《希腊雕刻》介绍了一件公元前六至公元前五世纪的大理石像,这尊可能是阿芙洛狄忒的雕像,"神态温雅自若,表情喜乐自满",手里就拿着一颗石榴。

到现代,石榴仍是希腊的重要意象,著名希腊诗人埃利蒂斯的《疯狂的石榴树》,曾风靡震撼过上世纪八十年代无数中国文学青年:"在这些粉刷过的乡村庭院中,当南风/呼呼地吹过盖有拱顶的走廊,告诉我/是不是疯狂的石榴树/在阳光里撒着果实累累的笑声……"那年我就在诗中写到的八月,在如神迹如童话般的希腊圣托里尼岛上,看到路边人家院墙旁的石榴树结了果子,青中泛红,于蓝天阳光下映射着远古的光彩,一如埃利蒂斯另一首诗《玛丽亚·尼菲莉》所歌咏的:"由于你的反映,太阳在石榴中结晶了,并且感觉良好。"

埃利蒂斯还写到,那些疯狂的石榴树"高叫新生的希望","用亮光撕碎魔鬼险恶的云天","从所有威胁中摆脱掉黑色邪恶的阴影"。不知他是否有意对应那个美少女吃了石榴便只好按时回地府的传说,而赋予石榴光明正面的形象。应该是出于同样考虑,写给孩子看的《多莱尔的希腊神话书》(以及《绘画本希腊神话》)没有去画珀尔塞福涅吃石榴的经典场面——这个题材,后世画得最有名最唯美的,是英国先拉斐尔派才子罗塞蒂以其情人珍妮为模特的《地狱女王》,董桥《中世纪之恋》如此描述:"画中珍妮伫立在阴暗的廊上,手握石榴;背后墙上有天外光影,令人倍觉孤寂。熏香炉是女神标志;墙上一枝长春藤则象征魂牵梦绕的前尘影事。殷红的石榴与朱唇同色,都是致命的祸根,也是禁果。罗塞蒂吻过珍妮的嘴唇,珍妮尝过石榴……"说这是罗塞蒂借"神话故事的酒杯浇自己胸中的块垒","道尽了千古遗恨的恋情"。

这幅杰作确实凄美得令人惊艳动容、沉醉难忘,但我也很同意《多莱尔的希腊神话书》的处理:只画珀尔塞福涅从地府纵身而出、与母亲拥抱的欢欣画面,特别是用童话笔法,突出两人周围蓝的红的大朵奇幻花儿、金的黄的成片壮观麦穗,那样生机勃勃喜气盈盈的情景。

希腊是石榴等水果的乐园,更是众神的花园,关于这故事中原野上的花朵,也可辨析一下。珀尔塞福涅是因去采花而被掳,那她究竟遇上过哪些花卉呢?我找到的最原始最权威出处,是吉尔伯特·默雷《古希腊文学史》引用一份残存的早期雅典古抄本《第米特的颂歌》,里面对那片欣欣向荣的初生天地有优美而大气的描写,其中关于那些源头处的花儿:珀尔塞福涅与女伴"在一片绿草如茵的草坪采摘玫瑰花,番红花,娇艳的三色紫罗兰,以及菖蒲、风信子和高贵的水仙"。最后是在去采神奇的水仙花时被劫走的。此后不少神话故事版本都沿用这份花谱,有的且在其基础上作了衍生添加,如劳斯《希腊的神与英雄》还出现了燕子花,马里奥·默尼耶《希腊罗马神话和传说》则增加了金盏花、鸡冠花和罂粟,弗朗切斯科·贝利《在橄榄树的故乡》更多出雏菊、毛茛、吊钟花、樱桃花等。

另一个古代版本较简略:古罗马奥维德《变形记》记述,那少女是在采摘紫罗兰和白百合时被抢走的。后世如托·布里芬奇《希腊罗马神话》便采用此说。

这些记载可作为古希腊植物的史料佐证,很有意思。但为便于一般人阅读,也有完全不列花名的,像《绘画本希腊童话》只用一句"繁花似锦"带过。《多莱尔的希腊神话书》也作类似的简要描述,却重点绘出母女重逢时的"花儿重新绽放,谷物丰实"。这是一般希腊神话书很少关注的,通过这幅美丽的图画,能见出作者的心思,体现该书的独到之处。

关于希腊特别多植物传说、盛产花卉神话,汉密尔顿《神话——希腊、罗马及北欧的神话故事和英雄传说》作了抒情优美的专门分析，她指出，"希腊并不是一个土壤丰饶的国家，它缺乏适宜花儿生长的广阔草地和肥沃田野"。然而事实上，偏偏希腊"有许多非常迷人的野花"，开满岩石丘陵和崎岖高山，"繁茂似锦，明艳醉人"。（我在希腊游览时，也迷醉于确实"任何地方都不乏绚丽的鲜花"，"令人惊叹。"）"这种华丽绚烂、令人开颜的美，与周围景物那种质朴冷峻的庄严气势形成了鲜明的对照。"也正因此，花卉特别引起希腊人的青睐，广泛进入神话故事中，将这些大自然"美丽的奇迹"视为神赐乃至神灵化身。——她作这番论述所用的背景材料之一，就是珀尔塞福涅采花遇劫的故事。

或许，由此我们可以得到一些启示。哪怕外界条件再严峻一如贫瘠的希腊、所处环境再冷酷一如阴暗的地府，仍应保持对美好花儿的追求。越是有荒凉严酷的鲜明对照，才越显出那些娇弱花朵的珍贵，才越要努力争取哪怕与严冬并存的春天。

当然，我们也应该有石榴——就像那个故事寓示的，我们总要留连过往，即使阴影记忆也留情勿忘，留一段时间去勾留于往昔；但最终，还是要把留恋前尘的石榴留下，奔向花繁谷茂的田野。至于那里都有些什么花，欲辨而或忘，也不必深究了，完全可以舍掉繁琐的细节，只记取那样一个奇花盛放的画面就好。

这是我们今天对于希腊神话之所取，也是对待生活的态度了。

附记

关于石榴,中外都有很多记载,文化内涵颇为丰富,因主题和篇幅关系,上面正文只限于引述希腊的著作。但时逢仲夏"榴月"(农历五月石榴花盛开,故名),且再从其他书中选录几条跟上文所述有关的资料,作为补充笺注,以与"五月榴花照眼明"相映。

劳费尔《中国伊朗编》谈到,有人认为古希腊有野生石榴,他不认同,指出石榴是原产于中亚波斯一带,再传播到各地的。因其多子,"这果实至今仍然是最好的结婚礼品或喜筵上重要的食物,在现代的希腊也如此"。

贝尔纳·贝尔特朗《花草物语:催情植物传奇》宣称,石榴是远古"神话植物志里最有象征意义的物种"。他举引了古希腊等地石榴象征性爱和繁殖能力的赤裸裸的传说,"是典型的情色植物"。并提到,"在古罗马,新娘在结婚那天会在头发上戴几朵石榴花,鲜红的石榴花象征着热烈的爱情"。

玛莉安娜·波伊谢特《植物的象征》,更列举石榴的繁多象征意义:丰饶(包括五谷丰登,也包括精神上的丰饶),爱与激情,新婚之夜,生育,希望,死亡与重生,等等。它的标志涵括了古代所有的爱神和所有的农耕神(即各地用不同名字和形象出现的这两种神,相随的都有石榴)。又说:"在古代希腊,石榴是果之冠、果之王。"它"也象征着世俗的统治","皇冠状的花萼使它成为国王的金球或权杖的理想装饰"。从希腊大帝亚历山大到英国亨利四世等国王都用过石榴图形来做皇家饰物。（按：另有一说，古人是以石榴果实连带花萼的形状来制作流传至今的皇冠式样。）

——以上这些背景，能有助于我们更加理解，为什么农耕神之女与统治地府之王的婚姻纠缠中，会出现石榴。

中国人对石榴花果也很喜爱，种种典故诗文这里不展开赘述，不过，中文对此物的命名可不怎么优雅，李时珍《本草纲目》云："榴者瘤也，丹实垂垂如赘瘤也。"我更愿意望文生义地以"留"释"榴"，喜欢这个"留"字的种种含义。

2016年6月21日，两个生日之间的夏至完稿。

《花草物语：催情植物传奇》，[法]贝尔纳·贝尔特朗著，袁俊生译。重庆大学出版社，2015年1月一版。

青山一发响杜鹃

探访香港中文大学,尤其是观赏那里的杜鹃等春花,是我久悬的心念。三月机缘巧合,为了一个岁月回响的聚会赴港岛,正好顺便安排;终遂此愿的同时,买的一些书、逛的另一些地方,又奇妙地互相契合,构成彼此呼应的微意。

步入郊区沙田的安静校园,不远处就是大学书店,正是这里为中文大学出版社四十周年举办的"四时·读书"折扣书展消息,逗引我想起那个久远的心愿而前来的。大减价没什么惊喜,不过其他人文书籍琳琅丰富,店中设计、氛围也不错,在此流连一番,最终选得十种,皆为有出处背景、有私心用意、可作留念者。

其中一项是余光中。这次随身带了本旧书《听听那冷雨——余光中散文选集》,因里面有不少描写中文大学的文章,可在此春雨日重温,特别是一篇《春来半岛》,写校园里木棉、杜鹃、洋紫荆等"灿锦烂绣",昔年印象深刻,触动怀想同样简称"中大"的自己母校花事与花样年华;而今,则是为实地探访增加背景认识,点缀游逛的氛围。因之想到余氏之书，我手头只有选集，遂在他曾任教的中文大学这书店，选购几种台版单行本专集：《青青边愁》《记忆像铁轨一样长》《紫荆赋》。三书汇集了他在中文大学十余年间的散文与诗歌，是合适的行旅纪念；当中不少篇章，描写此地的景物、人物与生活，饱蘸情感地表达对香港的报答、对那段校园时光的怀恋，在此购聚，相宜之至。

那本《青青边愁》的新版前言介绍书名："当时我在香港，等于从后门远望故乡，乃有边愁。边愁而云青青，乃是联想到苏轼隔水北望之句：'青山一发是中原'。"巧了，同时购董桥的《保住那一发青山》，也取同一诗句为书名，同样表达"青葱的山岭永远在象征民族的乡愁。"这种恰巧暗合，是我聚书的一点小乐趣。

余光中和董桥引用的诗，出自苏东坡《澄迈驿通潮阁》之二："余生欲老海南村，帝遣巫阳招我魂。杳杳天低鹘没处，青山一发是中原。"是他晚年贬谪海南岛期间怅望大陆故土之作。而另一南疆海岛香港，因了与大陆的特殊关系、在中国历史的特殊地位，令此诗句更为贴切，为撰此文检胡从经编注的《历史的跫音——历代诗人咏香港》，便发现陈寅恪等多人，在日军侵华、流落香港时写过"此日中原真一发，当时遗恨已千秋"一类诗词。

那种"隔水北望"的"乡愁"还是有点隔，事实上，"青山"之象征意味，更在于港陆之相融：无论传统上还是现实中，香港都"本是中原一角山"（清刘楚英《香港》诗），甚至某种程度上可说保住了中华民族文化的一发青山。故我购余、董二书，也是暗喻山与岛之间的这一丝相连，而且无意中照应着这趟行程：眼前中文大学的新亚书院，后来去寻访的九龙寨城、宋王台，恰是从近到远不同阶段的"中原青山"在港岛绵延不绝的留痕。

新亚书院，乃鼎革之后南来大儒钱穆、唐君毅等创办，旨在延续宋代书院文化、重塑人文主义为主导的中国文化，在艰难的环境中产生了广泛深远的影响，被视为海外的中国儒学复兴重镇和中国文化向世界传播的重地，后来与其他学院合并而成中文大学。同购于中文大学书店的赵雨乐《近代南来文人的香港印象与国族意识》，在《新亚学人》一章谈到"香港的特殊背景"给该书院传承中国文化事业带来独特机遇，并引钱穆语："香港实是东西文化接触好地点"，"是努力从事此一种理想主义教育工作的适宜的好园地。"——关于中文大学、新亚书院的游感，留到后面另记。

九龙寨城（或称九龙城寨），地处九龙半岛南部，宋代已在附近设置管理盐业的机构官富场并驻军。清政府把香港岛割让给英国后，在对岸这里建立寨城，派兵驻守，作为应对英国进一步觊觎的前线据点。但随后，整个九龙半岛等地终被英人租借占据，不过，当时条约规定保留这小小城寨为清朝职司驻地，继续行使管辖权。后来留守的官员被英军找借口逐走，然而法理上九龙寨城的治权仍属中国政府，当地居民处于半自治状态，与港府不断对抗冲突。由于长期沦为三不管地带，龙蛇混杂脏乱落后，终在香港回归前被拆迁改建为公园。这片曾经的孤悬飞地，以及其所在的广义的九龙城，过去"是香港的命脉所在，是满载香港人回忆的地方"（在中文大学书店同时所购、中文大学香港文学研究中心出版的《少年文学私地图》之黄慧彤文章），周星驰电影《功夫》里的"猪笼城寨"，原型即此九龙城寨。

如今的九龙寨城公园，遗址上建起中式复古园林，有一些原居民生活的展览，也有一些保存的古迹：清代门石，旧屋遗基，"海滨邹鲁"碑等。最有意思的是原救济院，门楣石刻横额是英文，旁边却是中文对联，云："离人应已老村中燕子多情还觅故城来"，孤城故土之思低回，是香港近代史的特别标记。

宋王台，在九龙寨城附近，被称为香港古迹中最触动情思者。香港与广东沿海，是大宋朝廷最后寄身和覆灭之地：南宋末年，元军攻克临安，陆秀夫、张世杰等拥立年幼的赵昰为宋端宗，护送从海路南逃，辗转播迁至香港九龙官富场，建立了行宫；据说后来宋端宗在香港大屿山去世，赵昺在此即位；这个海上行朝随后再逃亡到广东新会的崖山，终被元军所灭，宋朝至此覆亡。后人在九龙一座传说赵昺曾驻跸的山丘筑宋王台纪念，称为圣山。晚清时因开山采石和土地拍卖，山丘无存，港府划出旁边数亩地作保护纪念，到日军侵港时被毁弃。二战后寻回"宋王台"的石刻，建成一个小公园。

那是非常冷清的一个小地方，仅存一块立于苍寂大树下、落款清嘉庆年间重修的"宋王台"三字大石，和当代复修时赵氏族人的遗址碑记。然而，这却是宋代在香港遗痕的中心，附近还有那落难小王朝的其他古迹。当然，对那些具体古迹史家是有争议的（包括上面概述的个别地方也非正史定论），不过宋末二帝流亡近三年间，曾在港九居停，则应能成立；宋王台虽属二手古物，也就有了强烈的象征意味。

后半生移居香港的叶灵凤，在《香港沧桑录》《香港掌故》等书有多篇文章考证"港九的南宋史迹"，引用大量古籍史料来支持和论证。他并指出，宋王台保存得最好的时期，是民国初年，一班清朝遗老流寓九龙，为表禾黍之思，寄情于当地的南宋小朝廷遗迹，诗酒唱和并倡导保护，主事的魁首，乃前清探花、九龙真逸陈伯陶。

他所说的，是一段诡异的热闹：那批不奉共和新朝的遗老，走避于英国统治下的香港以"不食周粟"，对着中华文明代表的大宋遗迹，去缅怀清前朝。他们将山河变易之恨、颠沛流离之忧寄托于古迹，在割让给外邦的土地上建构遗民的历史，为故国招魂，凸显了香港特殊时空、特殊地域的特殊群体意义。其吟咏创作的高潮，是一册《宋台秋唱》，起因于陈伯陶凭吊其隐居地附近的宋王台，以给宋末避祸落籍东莞的宋宗室赵秋晓做冥寿为题（香港旧属东莞，来自莞邑的陈伯陶推测赵曾于国亡后到过宋王台一带，见其《宋东莞遗民录》之序），与一帮声气相通者互相唱酬，寄寓感怀，由苏泽东汇辑成书，是香港有文献可考最早刊行的诗集。陈伯陶在当中《宋皇台怀古》等诗及序，提出对港九宋迹的意见，有些还是其首先发掘梳理出来的；虽有附会之处，但影响很大，坐实了野史传闻中的香港宋代身世，而全书也成为一段诗史，投射了这批遗老亡国后南逃香港的身世。（赵雨乐《近代南来文人的香港印象与国族意识》的《宋王台》《陈伯陶》两章有详论。）

《宋台秋唱》的怀宋伤清滥调中，反复出现杜鹃鸟的意象。如陈伯陶摩挲据说出自宋少帝九龙行宫的旧瓦，叹"凄凉故国哭杜鹃"（《宋行宫遗瓦歌》）；另一首"官富场边落日黄，南冠相对感沧桑"的诗，则写他们"共听鹃声桥上雨"。其他如作序者之一永晦（吴道熔）的"终古啼鹃怨落霞"，作序者之二黄佛颐的"日暮多悲风，蛮村闻杜宇"，书名题字者閟公的"北望潸然拜杜鹃"，等等。

这是因为，杜鹃鸟啼声仿佛"子归""不如归去"，传说古代蜀王望帝名杜宇，失国而死后化为此鸟，在暮春凄恻啼唤不歇，吐血染成了杜鹃花（杜鹃花以红色为大宗，又名满山红，而且一些品种花瓣上有深红斑点如滴滴血迹）。如此，杜鹃成为思念故国故乡、欲归不得的哀怨象征，《宋东莞遗民录》中，就收有赵秋晓于宋亡后写的"春来怕有杜鹃声"之诗。

当时与赵有往还的文天祥，有一首《酹江月·和友驿中言别》更值得一说，其结尾化用苏轼名句，将青山与杜鹃联系起来："江山回首，一线青如发。故人应念，杜鹃枝上残月。"该词作于宋朝倾覆那一年，文天祥为元军所执，先在香港附近海域写下《过零丁洋》，然后被押解北上的途中写了这首《酹江月》，青山一发杜鹃啼，壮怀激烈满路悲风。

到当代，冼玉清在抗战时羁旅香港写的《高阳台》，也暗中追步，序记"如画青山，啼红鹃血"，词写"望中原一发依稀，烟雨冥濛……青山忍道非吾土，也凄然一片啼红"。此外，日本侵略期间，香港的宋王台等宋代遗迹迎来了又一个吟咏高峰期，新一批避乱寓港的南来文人借之抒发家国忧患与个人飘零。——香港与中原相望相系的一缕青山，正是不绝如缕。

不仅杜鹃鸟，香港常见的杜鹃花也是离乱之人避居此地时寄怀惆怅哀思之物。邓尔雅在抗战时的《香港》诗中写："杂映山红发杜鹃，陈根及见道光年"，因遇上百年老树而怀想前朝春华。廖恩焘咏及宋王台的《西江月》，则云"太平山上杜鹃开，山在太平何在"。李景康写《战后香港重见杜鹃》，仍然感慨"根移蜀道天涯梦，花绽殷郎劫后身"。

另外叶灵凤在《香港的山》介绍，与大陆自古有密切关系的屯门，其山名就叫青山，那里的杜鹃花值得一看；据说与宋末二帝有重大关系的大屿山岛凤凰山，则盛产别处少见的漂亮野杜鹃花。——南宋流亡王朝的少帝、名臣、军民，有约一年时间在港避难，应是经历过春天的，不知他们有没有看到宋祚将尽时的杜鹃花。

青山凤凰山我没去过，但香港的杜鹃曾看过多次，有的还是专门前往、写成文章的，这个三月春日，终于补上了中文大学。这也是继去年秋天到香港大学作"香港文学散步"之后，又一次港岛大学游。

这里被誉为亚洲最美的大学校园之一，地方广大秀逸，群山碧海环抱：背靠九肚山，面向吐露港，左眺八仙岭，右望马鞍山。学校依山而建，植被丰富，各个学院散布于山林间，自然气息与人文氛围浓郁。与大学书店同在山脚平地的崇基学院就已很有看头，未圆湖周围花木掩映各种古今中西建筑。但来到这"山城"岂可不登山，何况新亚书院是在山上，何况山脚的杜鹃已近尾声，上山才能更好欣赏这"锦绣第一春"的花事——在大学书店还买了中文大学中文系编的《中大·山水·人文》，是很用心的教学育人辅助读物、很好的校园文化和导览书、很合适的行程留念，书中不少文章写到杜鹃，如黄维樑的《校园五月花》："三月，吐露港滨成了杜鹃花的世界……整个大学城变为花城。"卢玮銮（小思）则在《校园风景》中劝学子："不能因赶考试忘了校园杜鹃的匆匆开落。"

该书梁文道《学院之树二、三》说："很少有一间学校可以有这么多的树木，使得走路不只是种枯燥的交通方式，而且是带点野趣的真正散步。"只是我的漫步虽确有野趣，却颇是疲累：第一站在大学书店，就已买了那一大堆书，沉沉的提着背着。但又是欣然的，因为不少书可对应校园背景，最重的一大本《香港植物志·第一卷》，还正与沿途花木呼应。

香港以弹丸之地而"植物的多样性堪称冠绝全国"，又是"全国植物研究的先导者"。不过百多年来的几种正式植物志都是英文的，近年才由香港渔农自然护理署等编著了这中文版《香港植物志》。在大学书店逛到最后时遇上，大感欢欣，却又有点犹豫，一方面嫌不够（全书四卷但只见这一卷），另一方面则嫌太大太重，买下带着会影响随后的爬山逛校园。踌躇间，翻翻条目：木棉，这应时的南国标志花树，该卷有；杜鹃，这应景的该地标志花卉，也有。甚喜相合，遂可作决定了，乐而购之，不惜加重行囊。

其实校园是有接送巴士的，但仍愿在盘旋山路上负重步行，因可沿路看花。清静的山径，不时有错落分布的校舍，更多的是幽深逶迤的山林，其间一路相伴、养眼消疲的，就是盛开于道旁的杜鹃花。各种姹紫嫣红，给这山城校园、给我攀爬游逛带来春意的滋润。《香港植物志·第一卷》记述的杜鹃品种中，香港杜鹃、南华杜鹃、毛叶杜鹃、羊角杜鹃、华丽杜鹃、红杜鹃等，产地都包括中文大学周边的马鞍山、八仙岭；另刘克襄《四分之三的香港》，介绍香港郊野的行走，其中一条路线是"马鞍山：赶赴一场杜鹃花的盛宴"，可见这一带是野生杜鹃的家园。而我所遇的，多属杂交栽培的锦绣杜鹃，花如其名，绚丽动人。

在带来的《听听那冷雨》、新购的《记忆像铁轨一样长》和《中大·山水·人文》都收入的余光中《春来半岛》，形容中文大学的杜鹃："一片迷霞错锦，看得人心都乱了。"这句子也看得人心动。多年间看过写过母校广州中大和台湾大学的杜鹃，现得赏这香港中文大学的校园霞锦，总算不负那长久的动心。而携书探花，尤添意趣。

当然，如前所述，越岭攀山的目的除了看杜鹃花，还有屹立于山城之巅的新亚书院。

上到新亚，首先去合一亭。这是登临览胜的观赏点，对望八仙岭，俯瞰吐露港，更妙的是其"天人合一"的设计：很简朴，却又极匠心独运，主体是一个半月形的池塘，阻隔了山坡下的建筑物，让人们视线所及的池水与外面的海湾直接相连，水平面和海平面在视野中相叠，这方寸如镜的水塘遂容山纳海，乃大手笔的借景，真是天一生水。至于名为"亭"，却无传统的亭子建筑，与其说一侧的玻璃廊道为长亭，不如说水池边的大树树冠是天然亭盖，确乎天人合一。坐此山顶水间，静观吐露之港，呼吸山海之气，树影婆娑中仿佛有众多前贤学者的遗风流动，是兼具人文气息与山川形胜的休憩，好好坐了一阵，心旷神怡。

合一亭的灵感来自钱穆的天人合一论，旁边有其论述的碑刻，是对这位大师很好的纪念。转去新亚书院本部，先贤痕迹更为昭然：红棉与白花紫荆陪伴的钱穆图书馆，火焰花树下的唐君毅铜像，相思树荫蔽的小丘、高耸水塔下则有孔子像。在这僻静处坐坐，吹吹穿林而过的清风，看看周围四合的青山，歇歇疲躯——虽然新亚书院以及钱、唐于我没有特别关系，但他们在特定时代背景下、到香港艰难开创薪火之业，让人感怀敬佩，徒步上山也算是感受一下他们当年的艰辛与毅志，正如钱穆写的《新亚校歌》："山岩岩，海深深……手空空，无一物，路遥遥，无止境。乱离中，流浪里，饿我体肤劳我精。艰险我奋进，困乏我多情……"

这深山学府也少不了杜鹃，小坡上"新亚书院"的碑石，以校训命名的诚明楼，都有成簇乃至大片的红、紫、白杜鹃花，无言掩映，绚烂静穆。——我情愿将文天祥、冼玉清"青山杜鹃"意境中的鸟易为花，洗褪一点啼血象征背后的悲壮，换上花开清丽的欣悦。就像那首校歌，钱穆在艰险奋进的困乏中忽然缀以"多情"一词，用得真好，这位抱持"对历史之温情与敬意"的大儒，是深切体会到无论文化还是人生，都不可或缺一丝如花柔情。

关于"青山杜鹃"，还有名作如汤显祖《牡丹亭·惊梦》的"遍青山啼红了杜鹃，荼蘼外烟丝醉软。"不那么出名的李雯《菩萨蛮·忆未来人》更有意味，下阕云："斜阳芳草隔，满目伤心碧。不语问青山，青山响杜鹃。"该词写于明亡后入清出仕之时，类于文天祥的故国心事，只是身份迥异：作者是因归顺新朝而心怀愧疚，身心分裂般表达对旧邦的沉哀。

"青山响杜鹃"源出王维的《送梓州李使君》："万壑树参天，千山响杜鹃。山中一半雨，树杪百重泉。"是很有气势的佳句。二人笔下的"响"，都指杜鹃鸟。然而，汪曾祺有幅画以《千山响杜鹃》为题，画的却是杜鹃花，满布密密匝匝的鲜红花朵，那股浓烈淋漓，真如此花能唱响千山万壑，这一由鸟变花的转换，是气派更大的手笔，我很喜欢。

这样的山花相和，也是一种天人合一。山海间看花归来，仿佛听了一段沧海桑田的历史回响，余响如花之余香，如余光中《紫荆赋》一首《你仍在岛上》的结尾："谁要喊你的名字／南部那一带的青山隐隐／都会有回声。"

2017年5月底，端午前后。

《香港植物志·第一卷》，夏念和等主编。香港渔农自然护理署，2015年12月一版。

《四分之三的香港》，刘克襄著。香港中华书局，2014年4月初版、2014年5月二印。

草木何求
——序戴蓉《草木本心》

有幸与戴蓉结为笔友，竟已疏疏密密地通了二十多年的手写信。幻变翻覆的人世，漫长倏忽的岁月，能维系这般静定的古典友道，大概因为彼此都是"植物型人格"，才会有如此"植物型交往"吧。

确实，戴君那些漂亮得像随笔小品的书简，经常出现植物的内容。最初的难忘印象，是"栀子花与水仙"：

她曾在一封夏天的信中谈对人生的感受，最后写："……宿命是有的，等着各人去聆听，把它演变成一个个的故事，生生不息。栀子花开了，一大朵，养在蓝花清水小碟子中，赏心悦目。"又曾在一封冬天的信中讲新年的情景："父母是门神，恋人是暖炉，案头的水仙是老张……"真是太好的意象和贴切的比拟。此后她还多次谈过这两种花，特别是一再写：栀子洁白过馥郁过之后速速烈性地萎成了铁锈色，就如成长的历程，但同时也是造物悯人：因为那是上天提醒人要放手。

更深刻的印象是一封春天的信，谈"万事终需摇落"的生活,结尾是这样的:"……很多事情从此明白。一日走过花店,看见炽烈的向日葵,心想这是真的假的?想着想着人已走远,留她每日在心中鲜活地开。"这话带来的震动与启发,让我回味不已,这当然不止是对花,而是对生命的态度了。我曾将此写入自己的向日葵篇章,并借用了最后一语做标题。

后来,她还有这样的直白:"我常常是冷眼看人世的,对千姿百态不多言的植物却心仪。"又有这样的低回:"日子太平,看别人的热闹纷繁,很有趣,可是无心参与。看重的越来越少了,没有什么,比得上闲暇,沉思默想的时光。诚如你所说,怎样的人生都是虚度;那么,静静地坐一坐就算纯粹的消遣。整整的一生是多么长啊,偶尔触到一点知心的东西,是放焰火那一瞬的亮,一朵花轻吻夜空。"

种种锦心绣口,受用不尽。又比如从她的来信,我才知道和记住了"我欲四时携酒来,莫教一日花不开"等古人佳句。再比如她的花笺时时记写上海、泉州、日本等等地方所见所历的花事,最近的一封,还附来了西班牙原野上的桃金娘画明信片。

这种"植物型情感"积累既深,那些私下的好花好话自宜化为正式文章,让更多读者可以赏味,遂有了这本专集《草木本心》。书名出自《唐诗三百首》的第一首、张九龄《感遇》:"兰叶春葳蕤,桂华秋皎洁。欣欣此生意,自尔为佳节。谁知林栖者,闻风坐相悦。草木有本心,何求美人折。"

对这首诗,戴君早已结缘、向来在意、恒常在心,多次抄录过,最早是一九九一年十二月的来信,就于记抒生命的心情时像夹注般出现了。到二〇〇六年六月,她因听我说那一年集中读唐诗，而正巧见报纸上陈鹏举的"偶注唐诗"专栏，开栏首篇谈的便是这《感遇》，她在来信中引了陈氏的评语："写的是一双老眼看过了许多烟云浮梦之后的感想。"然后说她年轻时就那么喜欢此诗，"可见我一颗老心"。

所谓老心老眼看透烟云，源于《感遇》组诗并非虚空抒怀，而是来自切实的经历背景：张九龄乃开盛唐风气的诗家，同时亦为初唐著名的贤相，是洞察奸佞野心、敢于直言谏上的正派之士，该诗即写于他被权臣排挤、贬官外放期间。我平时欣赏这位吾粤老张的三、四句，那种清新无言的自然大美；因戴君的导引，才细品全诗，特别是后几句的深沉感喟。金性尧的《唐诗三百首新注》有很好的解释：诗最后的"美人"，指的是那位闻风而至欲采兰桂的"林栖者"，张九龄"意谓自己本怀不求虚荣的志趣，希望不要来摧折他的本心"。"诗中一面表达了恬淡从容的襟怀，但忧谗惧祸的心情也隐然可见。"

这么读来，全诗的画面感和画外音都浮现了：前半部分，一派草木欣然的好景，兰叶纷披、桂花皎洁，春去秋来绵延着静美的生机；然后有人出现在这个原本不含杂质的场景中，这可不是"林栖者""美人"字面意思的正面形象，而是惊扰了花草的清幽、打破了植物小天地的违和者；这才有了诗人"草木有本心"的感慨，指出兰桂自有优雅芳香的本质天性，并不需要被折采去取悦人的，为何不让它们继续保持这份自在自由。——全诗思深力遒，高迈而神秀，醇正而沉郁，遗世独立中是一份不失平和的风骨，确实当得起《唐诗三百首》的开卷之篇。

重温此诗，联想到大如人之心性与现实的关系，小如近日惊闻另一个老朋友的遭际，足为乱世浮生一叹。然而，人间本就难觅永远安宁、无所外求的桃花源，被不同形式多多少少地摧折，原是几乎必然的命运。面对外界的侵扰，还是要恬淡从容地、不同形式多多少少地葆有自己的本心，就像我们始终看重的那两句："欣欣此生意，自尔为佳节"，用自身的生长去令春秋变成美好的时节。这一点，植物是人学习的榜样。

草木无求，我们又于草木何求，无非或是相对一笑赏心悦目，或是不管尘世的真真假假只留在心中鲜活地开。戴君还曾在来信评说我的植物文章时谓："虽说是草木有本心，不求人折，但草木有情，当会明了你一番怜惜之意。"这也是我要转送回给她此书的。

2017年5月下旬，小满前后。

花扉六则

我有写"聚书录"的习惯,在日记里、书扉上,记下得书的时间地点,购聚(或获赠)的缘起背景,初步翻览后对该书的概述评点,以及一些相关的心情感想与生活琐事(包括身边花木的情况)。现从植物书籍中摘录一些这种书扉小记,新新旧旧共六则。

《从开花到结果》,元直著。三联书店,1949年12月一版、1950年11月三印。

小巧的旧书(巴掌大小,繁体竖排),浅显的内容(用面对孩子的通俗口味,介绍植物基本知识),一会儿就读完了。

但却很喜欢,尤其喜欢这个书名:"从开花到结果",简简单单一句话,却几乎包含了植物的一生,包含了自然界的奥秘,以至包含了一切生命的理想——如果,我们的生命都能这样,从开花到结果,有条不紊,自然而然;有花朵有果实,饱满完美,安然自得,那是多么的喜悦。

然而,人生实难,只有植物能如此丰富圆满。所以,比起人类，我更爱植物。但既然身为人类了，我惟有更珍重生命里小小的"花"与更小的"果"，珍重它们每一段循环生灭的过程。

（2008年7月28日从孔网乐知斋邮获，7月30日记。）

《树的一生》，[美]S.R.里埃德曼著，李景韩等译。中国林业出版社，1982年3月一版。

科普小书，"描述了树木的各种生活过程，树木是怎样帮助动物和植物生活的，以及树木为我们的环境、安逸和欢乐所作的贡献"。

很喜欢这个书名。可惜是不能像树那样过一生、在树林里过一生了，那就像书那样过一生、在书林里过一生吧——这已经够奢望的了。

（2006年11月7日立冬从孔网貘的书屋邮获，即日记。）

《有花有草》，贺永清著。漓江出版社，1998年9月一版。

看中这个书名，"有花有草"，丰盈自得的意境。

以花木栽培知识为主的科普专栏结集。其中的"赏花篇"，紧扣时令、分季节记述，是我喜欢的体例。

"观叶篇"中有喜获：《坚韧蓬勃发财树》一文，是其他花书少有的对该植物的较全面介绍，得以了解我阳台上相伴近二十年的"六叶树"，以前曾撰《树不会与人计较》，记写过这棵"够义气的好兄弟"。——我私下称之为"六叶树"，是不喜欢"发财树"这俗气的名字。其实，它的"学名叫瓜栗，又名马拉巴栗"。我以前记为近音的"马拉巴勒"，错了，

"栗"者，因为"它结出来的果实，其形其味似同板栗，又可食用"。

从本书的记载还知道，这种树"原产墨西哥，为常绿乔木，在原产地树高可达十米。它七至八月间开花，花朵大，色彩艳，常作观赏树种栽培。"如此英姿，可叹引入中国后，却被加工造型，将茎干扭曲缠绕编成辫子状，做成恶俗的盆景。我家的那棵虽然任其自由生长，亭亭如伞，有一种正大蓬勃的自然美，但到底不复在热带故土的盛大——我从未看过它开出那么美丽的花，结出那样风味的果。

好在，"树不会与人计较"，这么多年，它还是为我撑出一片喜人的绿荫。

（2008年9月17日从孔网浮世堂邮获，9月21日、秋分前日记。）

《草木有本心》，张娟等编著。中国林业出版社，2016年8月一版。

为小满节气、也为自己与友人准备中的"草木"新著，搜购同以"草木"为书名者数种志之，以此书花缘结，天时相和，最为恰巧欢喜。

"草木有本心"，出自《唐诗三百首》开卷之作、张九龄的《感遇》，近因友人新书以此取名《草木本心》，对该诗颇有感；而径以《草木有本心》五字为名之书，手头尚有宁以安的"诗经植物札记"，今又搜得此种，虽已知偏"文艺"一类（按：书名副题为"最文艺植物笔记"，记述十九个节气中的相关植物），但喜其内容以节气系花事，虽不全，亦合心。

到手一看，其小满植物中有茉莉、瓜栗，皆自家阳台所栽，已感亲切，尤其俗称发财树之瓜栗，少为植物艺文书言及，正是"无人歌颂的马拉巴栗"，却喜本书能注意到，给予一诗一文的位置，赞其叶子"格外温柔敦厚"（均为项蕾所撰诗文中语），此颇可心。

到这小满早上，过书屋一看，竟然，那棵瓜栗开了花，大丛花丝洁白喷射，缀以顶端金黄花药，如银针成扎，既蓬勃又纤巧，加上长条萼片披垂翻卷，煞是别致喜人。此树相随已二十多年，一向爱其绿叶可赏，私名"六叶树"；其花偶也见开，却从未如此巧合，既应小满节气，与茉莉、鸡蛋花、软枝黄蝉等（院中正有蝉鸣）同开出夏节好景，更恰恰应合了新得的该书，非常合时。

说起来，此热带植物移栽我国，开花本就少见，难得这样刚好点缀节气（其花期短，一日即转黄残，这天是正好碰上）；又说起来，植物书谈及此物本就少见，难得本书不知出于何故列为小满植物，偏就刚好让它开来好看了。这种书里书外、花事天时之间的巧合良缘，简直美妙惊喜……所谓"欣欣此生意，自尔为佳节"（亦出《感遇》诗）；所谓"小满草木深，闲花有我心"焉（与其他书影花影当即发微信纪事的题目）。

意兴酣畅，写此书扉，也由此正式决定自己新书《草木光阴》增补一篇"花扉"之辑。

（2017年5月20日从京东邮获，5月21日小满记。）

《岭南佳果》，求是编著。香港艺美图书公司，1957年7月初版。

取广义的唐代岭南道范围的有名果品二十六种，作简明而不乏深度的通俗介绍。书中有之前读者（或编著者）的多处批注改正错字。

三月旅港时，观看所住美荷楼的旧时唐楼居民生活展，见二十世纪六七十年代港人的日常通俗读物代表展品中有此书，当时即喜其书衣的素雅朴实，一股旧时气息，一眼看中，存了在心。现得偶遇，乃孔网孤本，遂乐而购之，而封面及开篇的荔枝也正应夏景也。

生辰将近，除了同时所购种种花书，还当有此佳果小册，方为有花有果之自贺意兴也。

此时自家阳台，鸡蛋花、茉莉、软枝黄蝉、白兰、人心果等花果正好，瓜栗发财树早前花后结出的首见的青果，也日渐膨大如拳，独特可爱的形态，可赏可喜。

（2017年6月12日从孔网书山房邮获，即日记。）

《一城草木》，陈超群著。上海交通大学出版社，2016年12月一版。

继上月之后，再选购以"草木"为书名者数种，以志进入六月、编次自己新书的"草木光阴"。

这本以深圳为主的城市植物随笔和摄影集，得书后于南风中的安静下午略略翻看，虽然写得轻浅，但可喜的是作者身为北人而融入南方、能去用心亲近岭南新家园的花木那种姿态与感受。尤其是，继五月那次《草木有本心》等之后，又一次得书间之巧：

首先翻开《簕杜鹃》篇，劈头就见作者写道："在岭南雅士沈胜衣的集子中翻到一幅插图，是当代著名篆刻书画家钱君匋先生的一幅画作——无花叶当花，觉得这句话用在簕杜鹃身上亦相当相宜。"喜而再翻下去，《牵牛花》篇也用了类似的开头："……前些日子读岭南雅士沈胜衣的《书房花木》，得知牵牛花在日本称为'朝颜'……"该文谈与谢芜村的牵牛花句、齐白石的牵牛花画，也是来自我那篇《那时双鬓却无霜》。此外，《栀子花》等篇也明显见出我旧作的痕迹。

经常从他人的书中收获资料和滋润、引用入文，现享受一下别人对己的这种待遇，世间陌客于纸上以花草往还，是一种草木相交的好景。

（2017年6月2日从京东邮获，即日记。）

2017年6月下旬选辑整理

时光书话（草木篇）

以前出过一本《二十四》，当中一项内容是精选时令节气书的资料，去概述二十四节气，也等于侧面介绍了那些专题书籍。从那以后、四年以来（以该书"节气书话"下迄时间计），又收得四十多种节气岁时书，兹整理聚书录汇为一辑，并从中选出述及植物的若干而成本文。

《花之绘Ⅱ二十四节气花卉的色铅笔图绘》，飞乐鸟著。中国水利水电出版社，2013年7月一版。

作者以"花之绘""植物绘"等小清新彩色铅笔画走红，往昔也曾购该题材作品；大前年一月，新年新阶段第一次闲逛书店，久违的书间好景，喜获此种，也是恰好的延续。

此册不仅是绘画技巧讲解，还融入二十四节气内容，每节气选两种花，简要的节气和花卉知识，让人从花卉角度认识节气文化，也等于是花书兼节气书。购书时在小寒与大寒之间，其小寒所选有报岁兰，正好是日路过花街，想起上一年春节的兰花仍长得好；大寒则有花语为"深刻记忆"的山矾，都是很好的思致。

《四季小品》，朱伟著。中华工商联合出版社，2016年1月一版。

按季节叙述的岁时风物随笔，内容和风致甚佳，是去年循着对应的季节岁时、读了一年的好书。

去年二月立春购得，闲看第一篇《立春时节》，里面谈到此时"独数春兰"；而第二篇就是《幽兰》，正好对应家中的各种兰花。掩卷之后且有惊喜：阳台上一盆朱顶兰，原本早上只有一朵开花，另一为花苞；经了久违的阳光一个上午的照射，那个花苞也绽开了。欢然于这样神奇的应景：是日重现晴暖好天气，驱走连日阴寒，带来温暖春意，不愧立春；杜鹃、山茶、向日葵等等身边花木也盛开了，春光明媚春色无边。

《花月令》，蓝紫青灰著。山东文艺出版社，2016年7月一版。

传统花木物候的新篇：清人程羽文撰有《花月令》，列出农历十二个月的当令名花，本书以此为纲目，逐一抒写成融汇了古代典故与现代知识的散文小品，配附大量古画与照片。

近几年我每岁皆选取合心的岁时著作，对应时日来读一年。本书在今年二月元宵购得，正宜情味盎然地开启新一岁的花事，逐月赏读。

《四时绘——二十四节气风物录》，[日]大田垣晴子编绘，李潇潇译。广西美术出版社，2014年11月一版。

日本深受中国古典文化影响，节气亦然，购此书是想看看日本人对此的阐述和描绘。果然有特别的地方，如购书当日为今年三月春分，黄昏闲看书中的该节介绍，此为日本官方规定的国民祝日，主旨是"歌颂自然，怜爱生物"。春分的中国传统三候是玄鸟至、雷乃发声、始电，而本书记载的则是雀始巢、樱始华、雷乃发声。全书以稚趣的绘本形式介绍二十四节气七十二候之东瀛景物，如关于三月下旬樱始华，记日本四月的开学典礼正赶上樱花盛放，但毕业典礼在三月，则再也看不到学校的下一次樱花了，表达一份青春的感伤。这样看看节气文化在邻国的变化，是有意思的，只可惜该绘本的画风不是心目中的日式之美。

《咫嗅芬芳——二十四节气探花之旅》，孙小美著。江西美术出版社，2017年2月一版。

一个植物爱好者的四时四方寻花记录，包括文字和摄影（另配彩绘图），对应套入二十四节气，但并非都是当日。内容水平也一般。虽然如此，但这是合心的构思，很好的书名（特别是副题）。所记很多花草都冷僻（如我购书当日为今年五月立夏，书中对应记的是一种球果假水晶兰，远不如身边开得香丽的鸡蛋花、茉莉、软枝黄蝉、龙船花等亲切常见），但因此也就可算不落俗套的花书，和可喜的节气之书。

《节气手帖：蔓玫的蔬果志》，蔓玫著。湖北科学技术出版社，2017年7月一版。

节气与植物是向来感兴趣的主题，此书与今年三月惊蛰所购的作者另一本《节气手帖：蔓玫的花花朵朵》一样，将两者可喜地结合起来，分二十四节气记述蔬菜水果，均配大量漂亮的彩绘插图，间有相应的饮食制作介绍。今年九月，到广州购书中心去看自己新书在书店的情形，在同属的生活区购得。

《节气的呢喃与喊叫》，谈正衡著。万卷出版公司，2017年3月一版。

今年十月闲散长假中的寒露，忽起怀旧之思，因一些本地老城旧店倒闭的消息触动，乃去逛一间久违的书店。还好，在一片寥落中该店仍在，且还能遇上合心之书，比如这本：今年欲再广搜节气书时已得悉，但未知作者水平如何，不敢轻易下单，今在节气偶遇就正好了，应时喜购，并当即站在店中读了其寒露一章。

是对传统民俗、乡间风物等作怀恋记写的抒情散文（配附图片），写得不算太好但也不坏。却另有一点可喜的，是寒露篇中写到，此时"篱边墙脚的鸡冠花"开得正红。——正应合我计划要写《一丛鸡冠花》，亦为巧合恰好。

《时光·花事——江宏伟画二十四节气》，江宏伟著。安徽美术出版社，2014年1月一版。

这本画册，是在撰写本文过程中买的，恰好用来作为全文收结：它的书名，照应了开头题记的时光之感，也因之确定将文题定为《时光书话》。

这十月底得书后的清风丽阳静午，趁着秋日将尽（秋天的最后一个节气霜降已过），披览其秋季六个节气的篇章。全书以二十四节气的花鸟画为主，配以草稿示范技法和创作感悟文章，文字包括对所绘植物的记述、对绘事的见解、对人生的思考，从中可见出"时光"正是作者贯穿的思绪。如处暑篇说到："我只有在画桌前会感觉时间的存在和飞逝。"秋分篇谈到："我专注地描绘十分碎屑的鸡冠花，在描绘里感觉到时光的存在，又感觉不到时光，由此寻到了心灵的慰藉。"霜降篇讲到，他耐心地用很多时间在芙蓉花叶的空隙里染色，"填补这些空隙不知是浪费光阴还是让光阴留住，将光阴嵌入这些空隙之中……"这种画与花之间的时光领悟，颇可启人思致。

随后想起，作者前几年冬天曾在莞邑开过"陌上花开"画展，当中有这二十四节气系列。那年某夜路过美术馆想要去看，却关了门，打算过些天再闲览，但随即遭逢大雪惊变，遂遗憾失落，至今才得凭此书正式观赏。——这个细节，是购书后翻查日记才想起的，重温当时，不胜感慨；对照眼前，不胜感恩。这书外的小故事，也真足为时光的见证了：变迁变幻的无常世界，坚持执着的有情天地，日月轮转，悲欢翻换，人生的沧桑长卷满篇苍凉，还幸总有暖意的注脚。

便是如此了，我们在"时间的存在和飞逝"之间，与时光同在，又无视时光的伤害；在对光阴的挥霍与珍重之间，用我们所喜所爱的种种碎屑,去填补生命的空隙,"寻到了心灵的慰藉"。——最终,这也是我们与岁月流年的互相慰藉。

2017年10月下旬撰,11月上旬修订